新课标课外阅读能力提升丛书

NEW CLASS SIGN

花千树

HUA QIAN SHU

红酒 著

北京时代华文书局

图书在版编目（CIP）数据

花千树 / 红酒著 . -- 北京 ：北京时代华文书局，
2018.2（2019.4重印）
ISBN 978-7-5699-2224-0

Ⅰ . ①花… Ⅱ . ①红… Ⅲ . ①小小说-小说集-中国
-当代 Ⅳ . ① I247.82

中国版本图书馆 CIP 数据核字（2018）第 001964 号

花 千 树

HUA QIAN SHU

著　　者｜红 酒

出 版 人｜王训海
选题策划｜梁明德　吴 霜
责任编辑｜周连杰
装帧设计｜格林文化
责任印制｜刘 银 訾 敬

出版发行｜北京时代华文书局　http://www.bjsdsj.com.cn
　　　　　北京市东城区安定门外大街 136 号皇城国际大厦 A 座 8 楼
　　　　　邮编：100011　电话：010-64267955　64267677
印　　刷｜三河市三佳印刷装订有限公司　0316-3650105
　　　　　（如发现印装质量问题，请与印刷厂联系调换）
开　　本｜155mm×220mm　1/16　印　张｜14.5　字　数｜188 千字
版　　次｜2018 年 3 月第 1 版　印　次｜2019 年 4 月第 2 次印刷
书　　号｜ISBN 978-7-5699-2224-0
定　　价｜36.00 元

目 录 Contents

花千树

花千树

花千树

潮女莫晓丽

莫晓丽跟我同在一幢写字楼里上班，工作上没一点联系。啥时间老跟莫晓丽黏糊的，我记不得了。

莫晓丽从不会小声说话，那嗓门像夏日的蝉，高亢嘹亮。我羡慕地说她有这么一条好嗓子不学声乐太可惜。她一拍桌子就站起来了，说我会唱歌啊，我歌唱得老好了。乐盲啊莫晓丽，你以为声乐跟唱歌一回事么？那是专业与非专业的差别啊。

我不管。她眉毛一挑，说有天和一群哥们儿去橙子拼歌，有仨麦霸都被我撂了，后来成我的个唱专场了你信不信？信信信我信，莫晓丽是以嗓门大取胜，跟技巧无关呢。不过，这后半句话我没好意思说出口，我担心莫晓丽的自尊心受挫。

莫晓丽身材高挑，两只超大的耳环晃来晃去地跟她一样不安分。这还不算，沿耳郭密密麻麻还有一排耳饰。她可不像那些小女生，爱臭美爱彰显个性还怕痛，专门买些貌似水钻的耳贴蒙事儿。莫晓丽玩儿真的，全是跑美容院打出来能透光的小洞洞，亮晶晶的钻一戴，我天！那俩耳朵就不是耳朵了，是极其璀璨撩人的星辰。我摸着莫晓丽的星辰耳朵吸着凉气说，这跟钉鞋一样，痛不痛啊乖？莫晓丽得意地一笑，不理我。

我和莫晓丽一样喜欢美甲，但我对色彩的偏爱绝对和她不一样。我喜欢淡粉淡紫淡蓝淡咖，若有若无的，像飘浮的云，像原野上轻轻过耳的风。莫晓丽不，莫晓丽整个儿跟我对着干，她动辄大红大绿，贴甲片，做黑色的光疗甲，留很长很长，一出手，跟女魔头梅超风有一拼。

莫晓丽花枝招展地来了，我说就冲你这充满戾气的九阴白骨爪也应该再给自己置办套行头，要潮就潮到极致。

莫晓丽屁股一歪就坐我写字台上了。我赶紧把一脸不情愿的莫晓丽请到门外，将我的创意毫无保留地讲给她听。莫晓丽的兴奋点瞬间爆棚，痞子似地打个响指，嚣张地转身，风风火火离去。

我邀外地来的朋友到莱茵河咖啡屋小坐，一壶曼特宁咖啡还没来得及倒进杯子，莫晓丽像个未来战士似地站面前了，皮裙包臀，褐色皮夹克上古铜色的拉链儿到处都是。过膝的软皮靴，鞋跟儿足足有六公分高，也不知道莫晓丽这丫头走起来累不累。她还装备了一副价格不菲的Marc Jacobs品牌太阳镜，高高地架在头顶，像只大眼睛蜻蜓。

莫晓丽果然依我的创意行事，居然跑这儿显摆。我乐歪了，我说，一个字，潮！两个字，忒潮！她说，三个字呢？我说，潮到天上！她就很放肆地笑，旁若无人。我赶紧起身粗暴地捂住了莫晓丽涂着紫黑色唇膏的嘴巴，使劲把她按在沙发上。我那见面熟的朋友压根儿没想到能遇到个辣女孩，一句话还插不上，目瞪口呆，让莫晓丽彻底给震了。

四月天，花开得恣意，莫晓丽那一身未来战士装束似乎跟租赁人家的一样，死活下不了身儿。我说莫晓丽你整天老虎下山一张皮，烦不烦呀？她把那大圆耳环晃了三晃，后退了五步，跟不认识我似的上下打量了好一阵子，也不说话，空前的深沉。我担心今儿的装束哪里出错了，看前看后看左看右，心里直发毛。

莫晓丽抬手给了我一下，说干嘛呀你，我觉得你这职业装蛮好的，很白领很淑女。我第一次听莫晓丽夸我，于是有点飘，赶紧对着写字间的玻璃门，超级自恋地端详了半天。半天过后，才想起未来战士莫晓丽来，仔细一瞅，未来战士早已不见踪影。

有份计划书急着要，时间在我看来成个毛线团儿了，扯一下，是线，再扯，还是线，全一个颜色，弄得我白天不知夜的黑，晕头转向。偏偏莫晓丽还一个电话连一个电话约我喝茶呀吃饭呀逛街呀，我哪有心情呀我？！好不容易把计划书交上去了，走出写字楼的那一刻，有重见天日之感。

眼前轻轻飘过一淑女，身着黑色底细白长条滕氏休闲西装，白衬衫衣领竖起后加了条浅紫与亮蓝相间的丝巾，雅致中带有几分书卷味。我天，是莫晓丽！

莫晓丽！我大声叫着，扑了过去。

这是我最后一次见到莫晓丽，一个戴珍珠耳钉，本色指甲上雕粉色小花貌似淑女的莫晓丽。

后来我去总部发展，与莫晓丽通过几次电话，她说她也离开了那座楼，买了车跑出租。好好的白领不做做车妇，脑子进水了吧？！莫晓丽不这么想，她貌似缺心眼儿的说车轮子一响，黄金万两。这话怎么听怎么不顺，换成夹皮沟的猎户说还差不多。莫晓丽说我复制我老爸的话呢，我老爸以前演过《智取威虎山》里的李勇奇。

或许一门心思全在车轮子一响黄金万两上了，莫晓丽就此蒸发。

这天午后，暖暖的阳光有些刺眼，我起身拉上了窗帘，顺手打开了电视。城东，电视台的女主播在现场激动不已地说本市一位的姐面对歹徒，毫无惧色，徒手夺刃，逼那歹徒连声求饶，束手就擒。旁边是那倒霉蛋儿，垂头丧气地蹲在俩警察中间。画面一转，我惊呆了，莫晓丽捂着滴血的右手，女魔头似的黑色长指甲赫然入目，高亢嘹亮的嗓音显然又升高了四度：邪不压正，想和我斗？门儿都没！

画面中的莫晓丽皮裙包臀，褐色皮夹克上古铜色的拉链儿到处都是。过膝的软皮靴子，六公分高的鞋跟儿，一副 Marc Jacobs 太阳镜，高高地架在头顶，像只大眼睛蜻蜓。

对了，后来我问过莫晓丽，说你那 Marc Jacobs 太阳镜是高仿的吧？

莫晓丽狡黠一笑，不理我。

莫晓丽外传

莫晓丽的太阳镜不叫太阳镜，叫道具。

道具？对呀！就是说她过于重视太阳镜的装饰性。至于实用性，莫晓丽一点儿也不在乎。那副 Marc Jacobs 太阳镜不是高高地架在头顶，就是折起来挂在低低的领口，从来没过见她把太阳镜放在太阳镜应该待的地方。

我问莫晓丽，那天咋回事？怎么突然间你就成英雄了？

莫晓丽大大咧咧地一摆手，说我把车停在伊丽莎白酒店旁，那家伙拉开车门就坐我旁边了，说是要去大世界找人。大世界是个商业区，在城西，远了点。我知道一条近路，可以避开几个红灯，于是就抄近路往大世界赶。一路上，他也不吱声，走到一处僻静小道上时，混蛋男突然掏出把刀对着我，说把钱拿出来。我说我没钱，他不信，那把刀在我脸前胡比画。吓唬谁呀？我一踩刹车，车"唰"就停了，趁他身子一歪，我一把抓住那刀，死不松手。他也惊呆了，拉开车门就跑。就这样，他在前面跑，我在后边追，正好有巡逻车路过，他就跑不掉了呗。

我说就你那么高的鞋跟儿也能跑？她说你不老说我是未来战士么，我岂能浪得虚名？我轻轻地抓起莫晓丽的右手，抚着那道长长的伤疤，说你傻呀莫晓丽，要钱不要命，这一下你的个人英雄主义风格可就发扬光大了。

莫晓丽说多亏了那俩警察，要不，他就跑掉了，指不定又去祸害谁呢。莫晓丽说得很认真，我从来就没见她这样子说过话。我觉得莫晓丽变了。

从那次夺刀事件过后，我和莫晓丽又回到了从前，有事没事老黏糊在一起。

我给莫晓丽说我喜欢上海故事了。莫晓丽瞪大眼睛说上海故事是什么故事？

上海故事是家咖啡屋呀。

这家咖啡屋有个浪漫到骨子里的老板娘，小麦色的皮肤，像章子怡那样。不及腰际酒红色卷曲长发，略带神秘气息，撩人遐想，如红烛般醉人。长长的指甲涂着红蔻丹，很怀旧的样子。高贵含蓄的淡紫色碎花长裙动则飘逸当风，娴静时如娇花照水。我陪着莫晓丽来过一次，那个叫枝枝的老板娘在瞬间征服了莫晓丽，那肤色那装束让她眼儿都直了。

莫晓丽说她不做未来战士了，一定要照着枝枝的样子打造自己。第一步先要改变自己的肤色，说白皙的皮肤看起来不健康。我不同意，我说不是不健康，是不流行吧？这个莫晓丽，满脑袋稀奇古怪的想法，典型的追风一族。

河的南岸柳树成荫，风景独好，莫晓丽家就在这里。

我按了门铃，莫晓丽在门后探出半个脑袋说，你一人吧？我说不一人还能有一火车人？！莫晓丽就把门打开了，天，吓我一跳，她浑身上下就有个丁字裤，跟全裸没两样。

要死呀你？莫晓丽抓起条玫红色浴巾裹在身上，满不在乎地说我正日光浴呢。在哪？阳台上。

莫晓丽家的阳台是悬在外面的那种，除了一棵高大的滴水观音外再没别的花了，对面倒是有一栋楼房，间距不远。我吃惊地说，莫晓丽，你胆子忒大了点，你不怕对面楼有变态男劫色呀？

正说着，电话响了，莫晓丽慵懒地抓起电话，谁呀？

物业公司打来的，说是对面楼的业主投诉有人裸着身子在阳台上晒太阳，太流氓了。莫晓丽把浴巾一甩，大声对着话筒喊，有没有搞错呀你们，这是我家，我家知道吗？我有我的自由，又没跑大街上裸奔，没事使劲朝我们家看啥呢，到底谁流氓？管得也太宽了。然后就把电话给摔了。

姑奶奶，这就是你的不是，小麦色的皮肤也不是这样晒成的；再说对面那么多住家户，你春光乍泄的，未成年的孩子看见不好，让色狼看见就更不是啥好事了，也不动脑子想想。

好了好了，日光浴都不懂，还流氓流氓的，菜农一个。

我说莫晓丽，很早以前我读过一篇文章，有个风华绝代的女人喜欢裸晒，被人视为异类，我还不信。那么好的身子躺在摇椅上，一本瑞丽杂志遮住面孔，蓝天白云，蝶飞蜂舞，虽与大自然和谐，可挡不住有多少热辣目光在她身上扫描呀。我以为是作家们编排出的故事，没想到这样的事还发生在我身边，晕了。你莫晓丽不是故事整个儿一纪实文学呀，服了你了。

后来，我真把莫晓丽的故事写成了小说，有读者问我，莫晓丽的皮肤变成小麦色了吗？我学着莫晓丽的样子狡黠一笑，没理他们。

我想，对于莫晓丽，这怎么会是主要的？！

作女小妖儿

小妖儿在她妈老妖儿眼里纯粹就是作女一枚。

能让小妖儿喜欢做的事儿很多，骑马溜旱冰泡酒吧品茶咖啡与人海侃，哪一件事儿也不落下。

最近小妖儿着迷的是射击，闺蜜莫小米赶紧张罗着联系靶场，说是万事OK，部队院校的射击场，在西城，稍远了点，不过没关系，莫小米的男友开了辆霸气十足的悍马来接。

小妖儿讲究干啥先装备行头，当然，她没有置办真正的射击服，一套重约五公斤的行头价值一万多银子，以小妖儿目前的射击水平还处在扫盲阶段，就没必要把自己搞得这么专业了。可是，小妖儿有双射击鞋，就不能不派上用场吧？

射击鞋哪来的你管不着吧？！莫小米问不出来，再愤愤不平也无计可施，只好留个悬念了。

话说莫小米和男友开车来接，小妖儿浑身迷彩，墨镜高高架在头顶，棕红色的长发梳起后围着发根松松一绕，酷感加劲爆，有范儿。

小妖儿这套隐蔽性极好的装扮要是往树丛中一爬，立刻分不清哪是树哪是人了；可小妖儿你是去靶场上潇洒，没必要把自己搞得像个美洲豹吧？不过，这才是小妖儿的风格，干啥像啥，装神要像神，装鬼要比鬼更像鬼，没办法，要的就是这派。

老妖儿满头发卷，穿个睡袍从卫生间出来，一见女儿这打扮，眼睛一瞪，干嘛去？

打靶！小妖儿兴奋不已。

老妖儿紧张地说打啥靶？女孩子舞枪弄棒，家里盛不下你不是？小妖儿眼皮一翻，不理老妖儿。

老妖儿最最受不了小妖儿这副无所谓的样子，于是，老妖儿就拿自己的不凡经历说事儿，痛心疾首地历数了有关打靶所发生的和可能要发生的一些惨痛教训，有些事例添油加醋渲染得无比邪乎。譬如老妖儿说她 20 世纪军训时有个男生拿手枪打靶，枪还没举起顺便就把扳机给搂了，"砰"一声，子弹出膛，硬是把自己的脚板穿了个洞，那血呀，"呲"就出来了。还有个学兄是警察，看电影时带着枪，不知咋回事，枪响了。演的正好是战斗片，学兄傻不唧唧的以为是影片中那个敌团长开的枪。半天了，觉得不对，低头一看，血注子冒多高。小妖儿啊，你是不晓得，学兄下手真狠哪，腿神经都打断了。还有那谁谁谁……

行了行了，小妖儿不耐烦地截断了老妖儿的话头，这还没到靶场呢，老妈这张破嘴就给小妖儿她们做了最坏的打算，血里胡喇的，还能去吗？先入为主，没准儿到了靶场，脑子乱哄哄的，真把自个儿干掉呢。

小妖儿突然感到恐怖，她这样解释：莫莫，咱俩这花样年华刚开头，要真弄个残疾咋办？后半生坐轮椅上以泪洗面？反正，我不敢想。

莫小米有点恼，气急败坏地扔下小妖儿，和男友俩人在靶场赌气似地玩了大半天。

虽说小妖儿让老妈那张倒霉嘴唬得没敢去疯，可又割舍不下，发了半天呆，终究是不甘心。

城南有条伊人河，沿河畔有个休闲去处，垂柳依依，花木扶疏，秀色满堤，清幽宜人。小妖儿漫无目标地走着，走着，突然，眼睛一亮。柳荫下有个射击点——这么说显得有点品位，其实也就是个打气球玩的小摊位；摊主是个饶舌的胖子，见小妖儿有点兴趣，就极力撺掇，拿起一杆枪塞到小妖儿手里说，看到你就想起一词儿，飒爽英姿呀。

飒爽英姿这词儿老掉牙了，小妖儿不屑地将气枪搁在右肩上，枪口冲后，冲胖子轻蔑一笑，就进入情况了，左眼闭右眼睁，缺口对准星，准星对目标，三点线一条，射击！粉色球应声而爆。然后，如此这般，蓝色球，红色球，白色球……额滴神，弹无虚发。过瘾！

小妖儿时不时硬拽上莫小米来这儿打气球玩，当然，射击鞋不能落下，那是标配。

乖乖，射击鞋一穿，稳定性更佳，举枪瞄准，十有八九命中目标，小妖儿居然打气球时觉得自己特像《生化危机》中的爱丽丝。莫小米不屑一顾地说小妖儿有种愚蠢的、自恋的、所向无敌的感觉。

自恋的小妖儿得意地说，莫莫，你看好，我打那个蓝色球。说完，一扣扳机，"砰"一声，蓝色球安然无恙，相邻的粉色球却爆了。莫小米拍着巴掌说好枪法好枪法，指东打西，指鸡打狗，隔山打牛，鱼和熊掌不可兼得……这都什么呀？挨得上吗，小妖儿笑喷了。

莫小米说小妖儿你不知道，真枪在手，一梭子打出去，对着枪口吹口气，插回枪套，夕阳如血，潇洒转身，打马离去，那背影也充满了英雄气。你掂个破气枪，连女匪都不是，太低级了，说出去怎么也不够档次。小妖儿彻底泄了气，转念一寻思，闺蜜说的对。

这天，莫小米眉飞色舞地跑到小妖儿家，嚷着喜事喜事。小妖儿说，啥喜事？莫非你要出嫁？莫小米眉毛一扬，一惊一乍地说，体育中心新建了个射击馆，离你家步行也只有十五分钟的路程，听说里面设施和装备一流呀妖儿，室外靶场，室内靶场，有自动报靶系统，还有什么靶场集中收弹器、子弹计数器、弹速测量装置等等等等，莫小米嘴里蹦出的全是很专业的词儿。小妖儿纳闷儿，莫小米几时成专家了？

这一次不能再让老妖儿搅局了，准备工作在不动声色地进行。首先，小妖儿要先解除恐惧心理，老妈说的那些关于打穿脚板打断神经的事故要当成故事听，决不能成为此次射击的阴影；其次根本不需要先把自己武装成个美洲豹，射击馆有专门的射击服，你在外面把自己捯饬的再威风，进馆后也得重新装备成一代侠女。

终于可以真枪实弹玩一回了，俩人这个乐呀。小妖儿说这次不会再出现指东打西指狗打鸡的错误吧？莫小米对小妖儿这些很弱智的话嗤之以鼻，那是两个概念，别混淆好不好？

万事俱备，就等东风了。可是，就在进射击馆的那一刻，摩拳擦掌的小妖儿突然问：莫莫，射击馆里能不能打气球啊？

小妖儿，你太没意思了吧？莫小米一阵眩晕，差点儿晕倒。

作吧死丫头，你不怕把脚板打穿腿神经打断吗？

俩女孩一激灵，只见老妖儿顶一头发卷，急赤白脸地来了；那架势，恨不得要抽小妖儿个炫丽桃花朵朵开……

单眼皮，双眼皮

小妖儿长个单眼皮。

单眼皮也没什么不好，可小妖儿愁啊，她愁自己的眼睛不够大不够亮，电力不猛。

都说爱臭美的女孩子会把自己一天里的三分之一时间奉献给镜子，小妖儿不这样，人家小妖儿有一半时间都在镜子前顾盼，她几乎分分秒秒都在跟自己的单眼皮较劲。

小妖儿的妈妈老妖儿对女儿有这样的想法实在有点想不通，她说妖儿你这种类型的眼睛叫丹凤眼知道不？以前有个电影明星就是这样的单眼皮，迷死人了，老妖儿一脸陶醉状。

小妖儿盯着老妖儿，赌气说，妈你忒自私啊，你眼睛那么好看，怎么把你女儿生成个单眼皮？你是不是我亲妈？

老妖儿哭笑不得，重新把女儿看过，越看越觉得小妖儿不像自己。这丫头，不会是抱错了吧？老妖儿被自己突如其来的想法吓了一大跳。太让人纠结了吧？于是，一家两代人为眼皮的事儿纠结莫名。

小妖儿你就不必太在意自己的眼睛了吧，如今像还珠格格那样的双眼皮咋看咋觉得二呼呼的，俩眼像探照灯除了大还是大，一点内容也没。老妖儿一如既往地这么苦苦相劝。

小妖儿不以为然，合着老妈你站着说话不腰疼啊！就说莫小米吧，她在闺蜜中眼睛最大，眼皮不光双，是重重叠叠双好几层的那种；即便不说话，也是眼波流转，楚楚动人，眉眼间尽显柔媚与风情，哪点儿二了？老妖儿哑口无言。

家居城郊的大眼睛莫小米养了八只鸡，散养，天明开圈放鸡，傍晚鸡子回窝，她说这样的鸡叫走地鸡儿。小妖儿一直对这个称呼心存疑虑，哪个鸡子不是走地鸡？不在地上好好走在空中飞的那叫鸟。莫小米一口咬定走地鸡就是散养鸡的别称。小妖儿无奈地说好好好，走地鸡就走地鸡呗。

莫小米家的八只走地鸡一公七母。七只母鸡无比勤奋，争先恐后地下蛋，最起码每天能有六只鲜蛋犒劳主人。每天莫小米都会对着鸡蛋眯着眼睛数上一数，尽管筐里的鸡蛋打眼一望就知道有几枚，可莫小米还是要一个蛋一个蛋不厌其烦地数。数鸡蛋成为一种乐趣。

一个人的乐趣不是乐趣，一群人的乐趣才叫真乐趣。莫小米就给小妖儿电话说来吧来吧来数鸡蛋玩。一天就那几只蛋数啥数？无非是找个由头乐和乐和。于是，小妖儿儿专程来到莫小米家。

小妖儿极向往这种田园生活，看见窗台上有个精巧的藤条筐，里面有新鲜的蛋，羡慕死了，来不及数，端起筐就说看看看，敢情莫小米你天天吃的都是自己下的蛋哪。

莫小米乐得直不起腰，说小妖儿你的表述有大毛病啊哈哈。边说边拿出两枚鸡蛋一左一右放在自己的眼睛上，说小妖儿，用新鲜蛋这样暖能使眼睛变大变亮哦。

小妖儿信以为真，仔仔细细端详着。那蛋肉粉色，上面似有一层晶莹的粉裹着，拿在手里，鸡妈妈温热的体温还未曾消退。小妖儿迫不及待地把两枚蛋贴在自己的单眼皮上连声说，谁说的真的假的没骗我吧我不信……小妖儿，这话还叫话吗？语无伦次，典型的表述不清。

莫小米哈哈大笑，弱智呀小妖儿，双眼皮要真是这么练成的，我就办个养鸡场，挨着鸡舍就是美容院，刚从鸡屁股里出来的蛋直接就放在渴望自己变成双眼皮的美女的脸上，这叫鸡蛋疗法。

小妖儿说去死吧，不理你了。小妖儿整天整宿想的就是眼皮的事儿，直到有一天，小妖儿见到了周冬雨。

奥斯卡影城里正在热映《山楂树之恋》，那周冬雨眼睛不大，标准的单眼皮，笑起来眼睛弯弯的真好看，如山涧溪流，浑身洋溢着清纯可人的气息。人们一边陪着她在电影城里抹泪儿，一边还红肿着眼睛夸她模样俊俏，清纯脱俗，尤其是那双眼睛一点尘世间的杂质都没，像个精灵。

细究起来，《山楂树》的火爆震撼是因为周冬雨，而"谋女郎"周冬雨的迅速蹿红是因了一双很个性的单眼皮才赢得了人们的青睐；人们既然青睐她也就是突破了双眼皮不是衡量美女的唯一标准——小妖儿这样推理。

当手不离镜的小妖儿在一天当中无数次地打量过自己的单眼皮后，猛然觉得周冬雨跟自己超级相像。以前别人怎么说，小妖儿都死心塌地的不信。闺蜜莫小米的双眼皮好看，小妖儿的单眼皮也美丽，桃有桃红，柳有柳绿，各有各的风景和味道。爱臭美的小妖儿就在那一刻豁然释怀。小妖儿终于想明白了，从此，闺蜜们把她叫成了"周冬雨"。

周末，小妖儿邀莫小米去游泳，俩人像美人鱼在游泳馆里你追我赶疯了大半天。当晚，小妖儿觉得左眼不适，痒得难受，对着镜子一看，眼睛红得像兔子。

乐极生悲，小妖儿染上红眼病了。丹凤眼肿成一条线，痛痒难耐。一周后，好了左眼，右眼又红，又是新一轮的痛并痒着，没一点新意的继续折磨着小妖儿。

前前后后折腾了将近半个月，小妖儿的红眼病终于彻彻底底痊愈了，可让小妖儿惊讶的是，两只眼睛都被红眼病闹腾成了双眼皮；还不单单双一层，双好多层，比莫小米还莫小米。

小妖儿心中有种难以名状的滋味，单眼皮，双眼皮，郁闷了许多年，结果歪打反成正着，小妖儿突然成了电眼美女，山寨版"周冬雨"不见了。

不过，双眼皮的小妖儿又开始巴拉巴拉说这个大眼小妖儿不是自己，陌生！陌生！陌生得很。

后来，莫小米受不了小妖儿的啰唆，写了篇《你能不能消停会儿》的调侃文章贴在博客上，被个叫红酒的无聊人当成笑话说来说去……

生活的原本样式

小妖儿说：拔牙，我不疼。

谁疼？谁拔谁疼。这话有点幸灾乐祸。咱能不能厚道些？

拔牙究竟有多疼？小妖儿没拔过牙不知道。问那些拔过牙的人吧，譬如李秋水，譬如余沧海……小妖儿扳着指头算，也就他俩最有发言权。不有句话这么说，曾经沧海难为水什么什么的？

永不消停的作女小妖儿前几日闲得无聊，便去考察了个新开的酒店，那儿的菜肴中西合璧，数牛排做得地道。

小妖儿喜出望外，赶紧给莫小米电话：中午请你吃牛排，五分熟带血丝的，嫩滑鲜美，来啊。

莫小米腔调都变了，说小妖儿你太狠了吧？我牙疼一夜，腮帮子肿老高，再让吃牛排，还有人性没？

都疼成那样了还贫。

莫小米要去拔牙。

莫小米玉齿如贝，从小就骄傲得不行。可是，应了一句话——中看不中用。

小妖儿说莫小米那牙生来就是为了拔才长的。所以，李秋水和余沧海不见得有心得，拔

牙痛不痛问问莫小米就知道了。

在小妖儿的密友中，莫小米第一个结交男朋友，一口洁白如玉的牙齿把那男孩弄得颠三倒四。

不晓得为什么，莫小米的牙三天两头开始闹起情绪来了，隔三岔五得去看牙医。当第一颗牙齿不得不忍痛下岗时，莫小米蒙着被子哭了一天两宿，那男孩也唉声叹气，比自己掉了牙还痛苦。

莫小米十分悲痛地说牙又作怪了，前几天见冷热发酸，这几天就风风火火大张旗鼓地疼开了。牙疼不是病，疼起来要人命，不知是哪位高人总结出来的。

小妖儿说你算了吧，啥高人，不过就是个烂牙患者的心得罢了。莫小米说疼还不算，整个儿不能进食，牙齿上下一碰就贼哇哇地疼。如果哪里有绝食沙龙，我一定义无反顾地加入。

莫小米捂着脸来了。

小妖儿问：装成个小女儿模样，犹抱琵琶半遮面，没这么婉约吧？

莫小米手一松，小妖儿见到了半个锃亮的"面包"。

她说，还愣着干嘛，开车去医院啊。她支使小妖儿的口气，让小妖儿十分不满，牙疼着还这么猖狂。

不过，小妖儿也不敢怠慢，赶紧开车陪莫小米来到牙科医院。

这家医院叫什么兔子医院，名字很可爱，在这座城里颇有名气，设施不错，态度也好，微笑服务。

医生说这牙得赶紧拔。莫小米一听，立马变得战战兢兢，紧拉着小妖儿的手不放，平时的傻大胆儿早已不知去向，那份儿依赖，就像小妖儿突然成了她的监护人。

能不能保守治疗啊？再缺颗牙，爱美的莫小米受不了。

捂着口罩，只露出一双美丽大眼睛的女医生坚定不移地摇头，必须拔。

莫小米既痛苦又无奈，这事，的确不能两全。她乖乖地把嘴张得好大，模样极其滑稽，小妖儿联想到"虎口拔牙"这四个字……当然，莫小米不是老虎，这会儿她是老鼠。

麻药打过，开拔。小号医用钳子不行，女医生伸出一只纤纤玉手，旁边的护士马上换一中号的，手法利落训练有素。只是莫小米那颗坏牙不知是长上的还是焊上的，纹丝儿不动。

女医生说换大号，护士小姐用手扒拉了半天说没大号的呀。

隔壁一号室里拿。于是护士小姐像只白蝴蝶从小妖儿身边轻盈地掠过，不一会儿，掂把大号钳了折回。天，那钳子够大！

这一次害怕的不光是莫小米了，小妖儿也跟打摆子样的哆嗦起来，能听得见自己的牙齿"嘚嘚嘚"不由自主地响。于是，她不顾一切地甩开莫小米求助的手，抽身逃出，心扑通扑通地几乎要跳出胸腔。

"咣当"一声，小妖儿浑身一激灵，真有点像惊弓之鸟。耳边传来女医生如释重负般愉悦的声音：好了。这时，小妖儿才想起莫小米还在里面，赶紧一个箭步又窜进去，再看莫小米脸儿煞白，几欲虚脱。

人都这德行，自己刚缓过劲就该嘲弄别人了。小妖儿说：瞧你这点儿出息吧，拔个牙就吓成这个样子，要是进了宪兵队早就是个叛徒了。

莫小米忍无可忍，忘记了女医生暂不让讲话的嘱托，"啪"吐出一口血沫子，可劲儿冲小妖儿吆喝：我就是叛变总算是过堂受刑了；你好，见人家掂家伙进来，吓蹿没影儿了，还好意思说，我呸。

这时，莫小米的男友风风火火赶来了，哭丧着脸，从医生的盘子里取走了莫小米的那颗烂牙，说要打造成个饰品挂在脖颈上，让牙齿见证爱情。他把自己当成哪个原始部落里花心泛滥的酋长了。

小妖儿想起自己刚才的表现，顿时羞愧难当。唉，日有所思，夜有所梦。那晚，小妖儿就胡梦颠倒地在宪兵队里面对着老虎凳皮鞭子辣椒水儿哆嗦了一夜……

拔牙，小妖儿不疼，谁拔谁疼。疼也得拔。

生活原本就是这样。

"刑警"张三

张三和老六重逢的场面有点像电视剧。

城西一家说大不大说小不小的饭馆里，张三和老六各自和一帮兄弟在用餐。席间，张三和老六同一时间段内急，于是就很戏剧性地在走廊上相遇了。

多年没见，张三老六擦肩而过的一刹那，几乎是同时认出了对方，三哥？老六！

三哥在哪高就呀？老六问。

张三把手虚虚地握成拳状，大拇指竖起，然后拳心横着冲天来回摇晃，得意地说：刑警队。这是张三的习惯动作。

老六的弟弟也是个刑警，在重案组，还得到过公安部颁发的一等功勋章。老六的弟弟从没那么夸地吹着他如何如何或者有张三牛皮哄哄的那个动作，可老六喜欢看张三这个动作和他说话时很高调的神气，人民卫士，这职业高尚，理应受到大家的尊重。

不过，张三不是腋窝下别着枪的刑警队员，他在刑警队看大门。你想想，在刑警队看门，应该是比刑警还刑警。小百十号人，张三把守着这道不同寻常的大门，多不易多重要啊。这样的话张三经常挂在嘴边，他煞有介事地说，别人理所当然煞有介事地听。

张三第一次执行任务时很是威风。那天，有个老太太慌慌张张来报案，说是自家的猫掉进下水道出不来了。张三有点小扫兴，他说老太太，这儿是刑警队，只管人的事，不管猫的事，您老人家请回吧。老太太不高兴了，一屁股坐在凳子上，脸一沉，说有困难找警察，大标语写着哪。我那猫可不一般。张三一听乐了，你是金猫还是银猫呀？还用着刑警队出动。老太太不依，说我那猫可是怀了孕的波斯猫，好几条命呢。

队长在一旁笑着说，张三，你帮着解决一下吧。

Yes'sir！张三立正，脚跟一碰，右手随意整成个小剑指，微曲，点在眉毛上，向外猛送，迅疾收回，训练有素。张三香港警匪片看多了。

老太太带着张三七拐八绕来到一个破旧的仓库里，还没见着猫的影子就听见一阵阵凄惨的猫叫声。老太太心痛坏了，连声说乖乖乖乖，警察叔叔来了你就有救了。

怀孕的波斯猫，不知怎么死死地卡在狭窄的阴沟里了，出不来进不去。张三把袖子一挽，也顾不得脏，趴在阴沟边，努力伸长胳膊也够不着。跳下去吧，阴沟空间太小，张三急得抓耳挠腮。突然，灵光一闪，张三捏细嗓子，冲那猫咪咪咪咪地叫。那猫只是抬眼看看张三，并不动弹。当然，是动弹不得。

老太太见张三还在执着地叫唤，急了，说我喊它，它都不动，能听你的？

张三拧着脖子说那可不一样，我是公的，异性相吸，知道不？老太太一听有理，也就任着张三叫了。

刑警队的张三表现出空前的耐心，始终不肯放弃。叫了好长时间，怀孕的波斯猫依然不理。张三急了，说咪咪，咪咪，我是老鼠，我是老鼠……有这么大个儿的老鼠吗？围观的人笑得前仰后翻。

不管异性诱惑还是冒充老鼠，这些招数统统失灵；最后，还是一个瘦小的孩子跳下去把怀了孕的波斯猫给抱上来了。

不过，张三那天回到家还是很高兴地找老六喝酒，说你没见老太太急的那样儿，虽然是只猫，人家也能想到咱刑警队。有困难找警察，这话可不假。老六憋住笑，很配合地点头，连声说那是那是，必须地！

张三偶尔也会出点小纰漏。就说这天，张三照例值班，突然铃声大作，张三急忙抓起电话，喂，谁？刑警队再三强调警员们一定要学会礼貌用语，接电话先说你好。这句话不难吧？张三死活学不会。

也不是学不会，是老忘。就因为这，没少挨训。张三说，你说好人家就好了？人家不好你说好也不算。纯属抬杠，当然这话张三没敢当着队长面说，也就是在背后嘀咕嘀咕。

这会儿电话里传过来得声音很急，你是张三？出车祸了。

张三说，车祸？人死没？

人没死，伤了。

人没死找交警队，人死了才找刑警队，知道不？咔嚓一声，张三挂了电话。

还不到半分钟，电话又响：你是不是张三啊？张三不耐烦地说，是又咋了？车祸，你爹被车撞了。张三一听，脑袋都大了，撂下电话就往外跑……

那天张三的爹骑车子去打牌，半道上被辆汽车撞飞到路边的麦秸垛里了。老头儿还算幸运，脸上擦破了，淌着血；腿好像骨折了，不能动。

多亏有人相救，老头儿说自家孩子在刑警队，所以人家才给张三打了那个电话。

张三慌忙拉上老六在麦秸垛里找到他爹，老头儿顾不上疼，指着鼻子大骂张三，你看个大门拽啥拽？人死了才找刑警队，你巴着老子我早点死不是？张三自知理亏，大气儿不敢出。送医院的途中，老头儿伤口一疼就骂张三龟孙，张三急了，大眼一瞪说你敢骂刑警队？

老六忍不住替老爷子帮腔：张三你敢代表刑警队？

酒鬼老六

　　老六和张三是发小，一起撒尿灌屎壳郎窝淘面筋粘马知了渠沟里摸鱼做弹弓打鸟没日没夜地搅和在一块儿。高中毕业后，一个东一个西，没了联系。自从那次意外相遇后，三天两头约酒买醉。

　　不过，最近有段时间没见面了，于是，张三想老六，老六也想张三。

　　说来也怪，有些人压根儿不想见，可他整天在你眼前不知好歹地晃悠；有些对脾气的人一天不见，如隔三秋，横竖想得慌。在张三和老六眼里，他俩同属于后一种人。

　　晚上，老六邀上张三吃火锅，俩人一对脸，张三惊讶地发现老六额头上新添了两道贼亮亮的疤痕，左右分布，长短大小跟尺子比出来的一样。

　　老六经营着个"大冬瓜酒水屋"，规模不小，生意红火。话说这天有客户来访，老六当然要尽地主之谊。咋咋呼呼的悍马出动，将客人让进了"爽歪歪烤鸭店"。或许过于爽歪歪了，还没怎么喝，老六就率先大了。

　　大就大了，也不是没大过。可这次的大跟以往的大从根本上有所不同。以往也就是飘些，晕晕乎乎腾云驾雾脚底下没生根的样子，或者在哪个绿化带深处和衣卧下，美美地做个大头梦也就算了；这次不，大伙儿一眼没看清，老六就稀里糊涂摔倒在地了。

摔就摔了，摔得却不是地方，摔在了一处坚硬无比的棱角上。

有棱角的地方可不是随随便便就能碰的，尤其是拿自个儿的血肉之躯不当回事不负责任的碰撞就更不应该了；可偏偏撞了，于是，老六的左额头瞬间开花，血流如注。

其实也不是真的就血流如注，准确地说是血流不止，老六的脸花得恐怖。顿时，老六的客户与朋友们乱成一团。电话电话电话……喂喂喂喂……高一声低一声的。

120来了，拉上人就匆匆忙忙走了。好在120不用疯跑，因为急救中心就在"爽歪歪烤鸭店"对面。说来也巧，他们海吃胡喝的这家酒店正好与急救中心相距不到二十米。要是老六在周边哪个景区或者农家山庄野味野趣的话就惨了，事后老六和老六的哥们儿不止一百遍地这么想。

老六的伤情并不关紧，只是他那脸上血里呼啦夜叉似的让人不敢怠慢。急救室的值班医生两男两女，男的是医生，女的是护士。

打针吧，麻药。麻药就麻药呗，老六不是关云长。人家老关刮骨疗伤眉头不皱，老六跟武圣人整个儿没法比，不用麻药估计会让人觉得野狼闯进医院了。

不晓得是麻药的效能还是老六依然有酒精撑着，反正悄无声息。

老六喝大后简直就是一自虐狂，额头上那道缝不光深且长，乖乖，七针！

老六这会儿将醉未醉，比起刚才清醒多了，反问，七针？医生肯定地说七针！老六很果断，说再加一针，凑够八针！

靠，为啥？

八，发。头上挂花，必定大发——天，都啥时候了，老六还出口成章。

老六想把自己的"大冬瓜酒水屋"做大做强，虽然酒水屋的业务触角早已遍布国内各省市自治区（除西藏外），可老六雄心勃勃，据说东南亚一带都不屑于做，下一步直接就打入欧洲西部了。

加上一针不难吧？针脚小些就行了。老四还热心支招。拿自己的额头当鞋来补，疼不疼不知道，有麻药垫着。男医生女护士强忍着不敢笑。一分钟后，老四额头上很光荣很悲壮的凑够了八针……

老六介绍的是自己左边的伤疤，那右边的呢？张三很想知道老六是怎么能在短时间内完成自己容貌上的左右对称。

老六惭愧一笑说也是前段负的伤。张三眼瞪得跟牛眼一样大：负伤？参加破案了？

破个鸟案吧。老六说我又不是刑警，犯案还差不多。张三不明白了，火锅顾不上吃，紧着追问。

说实话，"大冬瓜酒水屋"的老板酒量不咋地，可他为人仗义，酒桌上不赖酒，朋友不能喝，老六也管替。朋友乔迁，老六大驾光临。席间推杯换盏，白酒完了喝红酒，红酒完了喝啤酒，这种喝法，叫作"三中全会"。

从酒桌上撤下时老六已喝得差不多了。老六的哥们儿个个酒气冲天，拦着不让他开车，说要找个代驾。可恨的是，老六这家伙还冒充清醒，非自己驾车往家奔。拦都拦不住，谁劝也不听，眼瞅着老六打着晃钻进了车。

从酒店到老六家这段路不太好，也不知道当初修好路后为啥在路中间杵根电线杆，好端端的道路因了这电线杆也就存在了个大隐患。

平时老六不喝酒的话，那杵在当路的电线杆是一根。老六一喝糊涂，电线杆就变成两根了。一根线杆杆那儿，老六闭着眼都能绕过去。当然，这应该是在老六清醒的时候；老六要是不清醒，事情就难说了，何况今儿老六他就糊涂着哪。

老六醉眼朦胧，一看，两根电线杆赫然挡在眼前，这就不是绕的问题了。

学车时有个科目叫障碍训练，俗称钻杆。老六在那次科考中发挥一流，轻松过关。眼前这两根线杆算个鸟啊！一踩油门，正好，从两根电线杆儿中间过吧。

奶奶的，跟瞄准了一样。老六当然没过去。

老六要是能过去就出了鬼了。可怜老六头破血流，昏迷不醒。

老六说他现在一看见电线杆心里就憷。当然，喝完酒再也不敢逞强愣装大尾巴鹰亲自驾车了。

都是喝酒惹的祸呀，老六痛心疾首地说。

张三说，"大冬瓜酒水屋"的老板最好做个酒仙，老跟自己闹别扭过不去，因醉酒而毁容的说到底就是一酒鬼，低级别，没意思。

老六越发惭愧，两道新疤涨得通红。

孝子张三

张三头上勒条儿白布，边给周围的人上烟边说，咱今儿要去的地方真不是啥好地方，可还不能不去。这人哪，死活都得进那道门，活的进去会自己走出来；死的能囫囵个儿进，出来就化成灰变成烟了。还有咱今儿走的这道儿，老少爷们儿坐车也别抱怨蹴的慌，黑天白日风里雨里死的活的车来人往，能好到哪去？事儿办完了，张三我给大家磕头称谢啊。

张三身后还有一帮掂唢呐敲梆子拿笙的人，有男有女，怪齐整的一个响器班子。光头班主接过张三递过来的酒和烟说这活儿一定做好，咱得得劲劲地伺候着老爷子，风风光光地打发他老人家上路，张哥你尽可放心。

张三今儿要给他爹发丧。

这张三在他爹眼里不能算是孝子。他爹活着时，隔三岔五地找张三的老舅告状，一张嘴，张三就不叫张三了，张三叫龟孙。

张三存心跟他爹斗气，说我不姓龟，你要真想叫，不是不行，爹你得先把姓改了。要不，咱今儿后晌就去派出所改吧？

派出所那地方不好随便去的，张三他爹立马蔫儿了。

恁娘死得早啊……张三他爹经常把手放在膝盖上一下一下拍着说。张三问，俺娘死时你不在跟前儿去哪了？他爹眼瞅着房梁，用了足有一袋烟的工夫也没想起来，末了说记不清了。

爹你不是记性不好，是愧对俺娘。张三那时还小，娘患急症咽气那会儿，他爹正跟人搓麻。张三哭着跑去喊他，他爹变脸失色腾一下站起来拉起张三就跑；跑了几步，又折回来，说王五你记着欠我一个暗杠钱啊。张三长大后，每次回想起来都伤心落泪，忍不住数落他爹：在你眼里，麻将牌比俺娘亲。你是我爹，我不能下手。换作别人，早收拾他了。张三他爹听了，手足无措，一脸愧疚。

春暖花开的季节，虫呀鸟儿都活泛起来，张三他爹在家自然也待不住，不是去王五家搓麻就是在李四家斗牌，饭都顾不上吃，比张三上班都忙。天麻麻亮出去，半夜三更回。若是老爷子哼着梆子戏进门儿，那是手气好赢钱了；若是黑着脸把鸡子踢得飞上墙花狗夹着尾巴乱窜，一准儿是给谁拉赞助献爱心了。

张三他爹看着饭桌上的馍菜汤，慢条斯理开腔了：都说李四家的老三孩子石磙缺心眼儿，我看那孩子够数，知道把炸酱面送到牌桌上。李四那老家伙一碗面条刚下肚就摸了个"炸弹"。怪不得人家都说，赢家怕吃饭，输家怕断电。咱家孩子心眼儿足，咋不知道给他老子送碗饭倒倒手气哩。

要不是媳妇儿使劲拉着张三不让接话，张三怕是早就撸起袖子跟他老子干上了。

眼瞅着老爹天天不搁家一门心思赌，谁劝都不管用，张三窝家里小半天憋出了个法子。那天，张三起个大早，隔着木窗棂说爹，马金凤去俺姐家村儿唱穆桂英挂帅，俺姐夫问你去不去看戏。

去去去，谁说不去！张三他爹不光痴迷搓麻，还是豫剧名家马金凤的老粉丝。

于是张三进屋抱床褥子平铺在架子车上，伺候老爹坐好，就朝姐家去了。

姐的婆家在杨庄，离这儿不算远，出门照直走，上俩坡，拐仨弯儿，再笔直前行个二三里就到了。张三他爹坐在架子车上，看着野外返青的麦苗，心里有说不出的舒坦。别看这龟孙孩子平日老跟自己戗茬，这回还怪孝顺。老头儿越想越高兴，忍不住捏着嗓子唱起《穆桂英挂帅》来了：

> 辕门外那三声炮如同雷震
>
> 天波府里走出来我保国臣
>
> 头戴金冠压双鬓
>
> 当年的铁甲我又披上了身
>
> 帅字旗飘入云
>
> 斗大的穆字震乾坤……

哎三儿，这哪呀这？

斗大的字有，不过不是"穆"，是派出所，城东派出所。

张三把他爹从架子车上拽下来，对值班民警说：有人天天聚众赌博，我管不了，这人交给你们吧。说罢拉起架子车扬长而去。

老爷子从派出所回来后的确消停了几天，几天过后就又蠢蠢欲动了，依然是今儿焊在李四家明儿长到王五家，一副还乡团卷土重来的架势。不过，这样的日子没过多久，就被派出所拍进去了。公安局重拳出击集中力量整治"黄赌毒"，张三他爹撞枪口上了。

张三他爹出来那天，一见架子车脸色就变了。张三说爹你别嫌车不好，接送你都用架子车也是个待遇。他爹说我哪是嫌车不好，我以为你又拉着架子车把我朝里头送呢。张三让老头儿备受刺激。

怪了，公安局咋知道我又斗牌赌博？哪个混蛋把我给咬出来的吧？张三他爹坐在架子车上嘟嘟囔来嘟囔去，张三不爱听了，把车把一松，车头高高扬起，他爹一下就出溜到地上了。张三脖子一拧：那不叫咬，叫揭发！撂下车扭头就走了。

你个龟孙啊！老头儿看着张三的背影，差点儿背过气去。

还是因为斗牌，张三他爹突然就没了，自摸带杠上开花，张三他爹呵呵笑着紧攥着张红中，没等李四王五赵六他们把钱交到手里人就不行了。

再说张三一干人时候不大就到了那处死的活的都得来的地方，孝男孝女白花花一片，响器班子吹出的曲调悲悲切切，张三泪眼模糊，摆着手说换换换，换成穆桂英挂帅。

一把唢呐一管笙吹吹打打唱的正热闹，张三突然一拍脑门，说差点忘了大事，只见他从衣兜里摸出两张麻将牌，一张红中一张发财，快步走到他爹身旁，将牌分别塞到老头手里，哽咽着说，爹呀，知道你好这，往后再耍，可没人管你了。

张三大放悲声。

英雄张三

张三上了当地最有影响的报纸。

张三不光上了报纸，还配发了照片。

照片上的张三咧着嘴，哭笑难分。

有认识张三的人，很不严肃地一手拿着报纸，一手点着张三的照片说：这货，咋突然成了英雄？

张三迷上武功有些时日了，不晓得练的是啥把式。张三把自己捯饬的特别像个练家子，黑绸灯笼裤，白色上衣，胸前一排蜈蚣扣，青布鞋，小圆口，光头，锃亮。见了街坊，一抱拳，朗声说：吃没？

街坊们觉得可笑，纷纷打听张三的师父是谁。有人神神秘秘地说见过，是五台山的道士，两道白眉，三缕长髯，身轻如燕，武功了得，最拿手的绝活儿是隔山打牛，看谁不顺眼，这边一出手，隔两道沟那人就躺下不动了。还有人说啥道士？才不是呢，是个胖大和尚，少林寺的，面皮红润，下巴光光，比娘们儿的皮肤还好，从小练的童子功，十八套招式烂熟于胸，"铁牛耕地"，"龙盘玉柱"，"鹞子入林"，这几招一旦使出，就算是腹背受敌又能怎样？早哭爹叫娘满地找牙去了。

至于张三的师父姓谁名谁五台山少林寺搁哪儿都不重要，重要的是张三见了人照样一抱拳，照样朗声说道：吃没？民以食为天，即便是看破红尘归隐山林的出家人又能怎么？道士和尚还能不吃不喝呀。因此，街坊邻居也就见怪不怪了，一任习武之人张三经常性地抱拳施礼，张嘴就问"吃没"？根本不管是不是真的到了饭点儿。

张三的"连襟"是个大学生，在家公司做秘书，文绉绉的，嘴也甜，甚得老丈人的欢心。年初二，按风俗张三和连襟两家人一早就回老丈人家拜年。

张三的老丈人退休前在酒店做大厨，烧几个菜跟玩儿似的，时候不大一桌子菜就算是齐活了，全家大人孩子对着老爷子做的菜看赞不绝口。一家人不拘礼，张三挥舞筷子，频率颇快，只嚷着好吃好吃。

连襟双手捧杯起身说，爸你辛苦了，我和二妞祝你老人家健康长寿，福如东海。

老头儿满脸是笑，痛痛快快一饮而尽。

张三慌忙拉着大妞也把满满一杯酒举到老丈人面前，大大咧咧地说：老丈人这手做菜的绝活儿无人能比。

论说这话没错，张三也是发自内心之语。可老头不接酒，拉着脸，一脑门子官司。张三张张嘴，有点不知所措。

老头儿有老头儿的道理，老二女婿一声"爸"透着尊重。你张三呢，张口老丈人长老丈人短的，背地里你说"老丈人"也就罢了，当着面再这么叫，就透着"打瓜皮"了，难道我这老泰山在你张三眼里就这么不算根葱？

张三讪讪坐着，浑身不自在。看丈人跟老二女婿推杯换盏亲得不像翁婿像父子，心里就窝火，找了个由头把连襟叫出去了。

不想刚一出门，一头碰到廊檐下的明柱上，额头上"呜"地鼓起个大疙瘩。张三顿时眼冒金星。连襟赶紧上前察看，却被张三一巴掌推出去老远。然后，张三猛地转身，双手抱拳施礼（这回没说"吃没"，合着也是刚吃完），紧接着腰一拧，双手一使劲从地上抠出块儿青砖，说时迟那时快，"啪"一声，连襟吓得不敢睁眼。

不过，张三没把青砖拍向连襟。他手起砖断，动作迅疾。

连襟整日在大公司做事，所有的能耐就集中在笔头上，以笔做刀枪写些讨伐檄文是强项，张三耍的这一套他压根儿见都没见过，于是不敢恋战，撒腿就跑，转眼不见踪影。

望着跑得比兔子都快的连襟，张三得意极了，又回到房内继续大口喝酒大块吃肉，没事儿人一样，根本不顾脸气得铁青的老泰山。

都老女婿了，张三会顾及丈人的情绪？才不呢。不过，看到这里，你们千万别把张三不当孝子来看，他也就是说话糙些，礼数欠些，平时张三对老丈人嘘寒问暖，体贴入微。有年张三的老丈人中煤毒，要不是张三发现及时，老头儿怕是早没命了。常言说：一个女婿半个儿，张三当之无愧，能顶半个儿使。

后来，电视上有个专访，街坊四邻们早早就张罗着把电视搬到巷子里那棵高高的古槐下，等着观看张三上了电视究竟是个啥样。

成为英雄的事迹没一点儿新意。原来，那天张三下夜班时路过个啤酒摊儿。张三每天下班都会路过那个啤酒摊儿。每天都路过，每天都正常的不能再正常了，这就是张三没有及早成为英雄的理由。可是，你保不准张三在别处也有成为英雄的可能吧——大家伙边看电视边七嘴八舌发表议论。

别争了，还说这天晚上吧。俩痞子孩儿正在拼酒，一人一瓶对吹，那酒跟不要钱似的。一个长发女孩路过，俩孩子就由斗酒改为调笑了；其中一个抓住女孩不放，举着酒瓶使劲朝人家嘴里灌。卖啤酒的是个中年男人，看不下去了，就好言相劝，俩熊孩子不听，把啤酒摊砸了个稀巴烂。张三正好走到，上前阻拦，那俩痞子骂骂咧咧不肯罢手，其中一个还掏出把水果刀冲张三舞舞扎扎地比画。张三一闪身，腰一拧，双手一使劲，从地下抠起块儿砖来，"啪"一声，青砖齐崭崭地断成了两截儿。拿刀那小子吓得目瞪口呆，另外那个撒腿想跑，被围观的人死死扭住，动弹不得。

电视中的张三摆着手说自己不是英雄，压根儿也没想着当英雄，谁遇见这事儿也会出手的，说着说着，站起身，一抱拳，说——吃没？

等等，这"吃没"可不是电视里的张三说的，是那些老街坊们替人家说的。

电视里的张三起身抱拳说的是啥？全让街坊们的哄笑声盖住了。要想知道，问英雄张三去呀。

好汉张三

在遇到那个老总之前，很多人说张三是英雄。

英雄应该有英雄的范儿，张三一点儿也不像英雄，黑瘦，虽说个头儿不低，却离伟岸、高大差十万八千里。

当然，英雄也没有固定的模样，譬如像雷锋叔叔那样的笑容吧，透着亲切，随和，一看就像是全国劳动人民的儿子。

张三脸黑。脸黑就脸黑，你长个笑模样也好呀。

张三的老舅说，算了，生就的骨头长就的肉，起小这孩子就是个冷脸子。拿糖豆哄他都换不来一个笑呢，典型的胎里带。张三媳妇儿反驳老舅，张三生就的酷，像《追捕》里的杜丘，那高仓健不是也不会笑嘛。

说的也是实情，高仓健还不如张三呢，谁见过高仓健会武功？

街坊四邻闲来无事，也会冲着张三起哄，想试试他有多大能耐。张三也不客气，叫人寻来两块砖，一块儿平放，另一块儿竖着支在平放的砖上，然后扭脖子甩手，依次转动脚腕和膝关节，再扎个马步，双臂向前，使出剑指，噘嘴瞪眼，好一阵子运气。就在大家伙的耐心达到极限时，张三一声断喝，右脚重重地向那块儿被支起的青砖跺去……

所有人的眼睛都瞪得赛过牛铃铛，那砖却完好无损。

张三抓起砖仔仔细细看过，说了声：谁找的琉璃砖？连问几声，无人应，张三手一扬，就把琉璃砖给扔到渠沟儿里了。

"嘘——"哄笑声四方响起；再看张三，一瘸一拐地撤离了。有好事者追上询问：三哥，自伤了？张三眼一瞪，说：气运到腿上，没找到爆发点，憋得难受。

张三爱抽烟，十四岁开抽，至今算来已有三十年烟龄了。媳妇儿担心他抽烟太凶，跟他大发脾气，说张三要是不戒烟就住在娘家不回来。住就住呗，张三天天泡面硬是坚持了二十多天，最后还是大妞实在是绷不住劲儿，自己怎么走，自己就怎么回来了。一进家门儿，见张三还在埋头吃"康师傅"，一把夺过就扔进垃圾斗里了，死鬼，你连句"我要断烟"的话都不舍得说？对了，我一说，吃多大亏呢，咱是先断气后断烟，你瞅着吧。张三伸出大巴掌在大妞头上胡乱揉两下没正经地说。

张三爱喝酒，酒量一般，三两打底，四两封顶。酒桌上经常会遇到有人端着满满一杯酒故意摇晃，杯中酒左洒一点右洒一点，这时张三会立马起身好心好意扶住那人的杯子，实诚得近似于缺心眼儿。人家把杯中酒当砒霜似的看着呲呲磨磨推着不喝，张三总会施以援手，大义凛然地说：我替你喝！边说边夺过酒杯，一扬脖子，"咕咚"一声，喉结上下晃动两下，"砒霜"就入肚了；也不知道张三真要是面对砒霜时把砒霜还当不当成砒霜。

谁也别误会，张三这举动可跟贪杯扯不上边。就这样，豪爽的张三即便是喝得找不着家门儿，挨媳妇儿臭骂，照样乐此不疲。

说了半天，似乎是在举证或者说强调张三不像是个英雄。张三就是这么一个跟英雄八竿子也打不着的人，人家张三自己也说：咱身上可多毛病，真跟英雄靠不上边儿。

终于有一天，还真有个人没把张三当成英雄，他很江湖地把张三尊称为好汉。

张三单位的领导要宴请合作方的老总，既然是合作方，就得把人家招待好。不过菜是菜酒是酒，吃多少菜无所谓，关键是把酒劝进对方肚子才算事儿。那南方老总显然不适应古城人的待客习惯，几大杯"杜康"下去，一张白脸就成了酱红色。就在对方老总招架不住时，张三挺身而出，抢过老总的杯子，说我替你喝！一大杯酒瞬间空了。单位同事目瞪口呆，真是半路杀出个程咬金，你张三究竟属于哪路方面军呀？

对方老总竖着大拇指说张三是条好汉，危难之中见真情，张三高兴了。这些天老听人英雄长英雄短的，不想听也没办法，总不能捂人家嘴吧？再说捂一个嘴容易，捂一百个人嘴容易吗？不容易！这会儿听人家开口闭口叫自己好汉，习武之人张三乐不可支。这一高兴不当紧，好汉张三一晚上就是对方老总的酒缸，站着进去躺着出来了。

单刀赴会的老总痛痛快快把协议签了，还说走南闯北，没见过像张三这么豪爽义气的汉子，真是相见恨晚呀。这事儿，似乎有点歪打正着。

最近，好汉张三不知遇上啥烦心事儿了，巷子里总也不见他的身影。

巷子里若是没了张三抱拳施礼的身影，大伙儿觉得这日子过得忒乏味。

有人悄悄地说张三的儿子犯事儿进去了，是被张三扭着亲自送到局子里去的。

没错，张三在儿子房中发现了几台来路不明的电脑，从被窝里把孩子拽了起来，厉声询问，原来是孩子的同学暂存在这里的。联想到前些天刚刚报道一家电脑公司被盗的消息，张三出了一身冷汗。

英雄也好，好汉也罢，张三也算是个人物。如今儿子摊上这事儿，让张三脸上怎么过得去？媳妇儿大妞说张三闷在家里抽了足足有两条烟，把屋子里弄得黑髭狼烟熏獾似的。

过了些天，张三摇摇晃晃胡子拉碴地出现在巷子里，老街坊们也见不得张三这样，纷纷围上去说些宽心的话。

张三一抱拳，说我没管教好孩子，给老街坊们丢人了。

因了张三，盗窃案成功侦破，虽说儿子意气用事受了牵连，可谁又能说张三在对待这件事上不是条好汉呢?！

紫记儿

紫记儿是个人名，可听起来不像。

紫记儿出生那天细雨潇潇，有燕子在屋檐下飞进飞出忙碌地筑巢。

紫记儿的娘一脸倦意地倚在床头，苍白俊美的脸上却是笑意盈盈。她目不转睛地望着锦丝小被中裹着的粉团儿似的女儿。

娘把慈爱的目光落在女儿嫩嫩的肩上，那儿有个紫红色的胎记，顺肩洒下，像一朵朵滴血的梅花。长有梅花胎记的人不多，紫记儿的胎记在右肩，于是，紫记儿就成了女孩的名字。

桃花溪紧紧地依偎着凤台山蜿蜒向东，溪流岸边，青竹成林，密密匝匝的榆叶梅分驻碎石小道两旁；纵深处有几处院落，被浓绿覆盖，影影绰绰，时隐时现。

紧靠竹林的三间瓦房是记儿的表哥家，这会儿柴门半掩，几只鹅昂首振羽，追逐嬉戏。屋前有两株垂柳，一阵暖风袭来，枝条摇曳，树影婆娑。南厢房房门洞开，有一白衫少年伏在矮桌旁，正在一截翠竹上专注地刻着什么。

白衫少年名叫陆子方，竹雕世家，自幼师从家学，深得真传且又有新创，尤其擅长花鸟鱼虫，巧夺天工。

陆子方小小年纪，性情不免顽劣，常和表妹紫记儿手拉手下水捕鱼捉蟹摸虾。累了，两人就并排坐在溪流边，脚丫子一下一下击打着水流，一任鱼儿贴着光洁的小腿游来游去；也有调皮的鱼儿轻啄记儿白嫩嫩的脚趾头，直痒到心尖尖里。

紫记儿蓝花小褂，肩上的梅花胎记赫然入目。陆子方用手指沿着胎记边缘轻轻划画，说记儿妹妹有个会开花的肩。

少年陆子方回到家后，将摸到的黑鱼青虾放入缸中，一改顽劣模样，凝神屏气细细观察那些活物的姿态神韵，一看就是半晌。看足看够后就到园子里砍些青竹回来，信手雕刻。青虾长须，红尾鲤鱼，仿佛无水也会游。铁头蟋蟀，碧绿蝈蝈，由不得人观看时得用手捂着，生怕有个闪失，虫儿就会蹦到草丛中去。那些花儿更奇，无论山谷幽兰还是艳丽桃花，有袭人馨香扑面而来。一霎时，鱼在游，虫在鸣，梅花有暗香，凤凰舞翩翩。

紫记儿在桃花溪水年年岁岁流响不断中出落成个绝色美人。表哥陆子方不光英俊洒脱一表人才，雕刻技艺更是日趋精湛天下无双。吃完定亲酒的那个午后，陆子方从怀中掏出个檀香木盒递给了紫记儿。打开来看，粉色盒衬上躺着一支碧绿的梅花发簪。

陆子方在这所望不到边的园子里，用精挑细选出来的翠竹雕刻了一支柔韧适度光泽温润可与翡翠媲美与众不同的梅花簪。

那支簪上雕刻了无数朵梅花，姿态各异，疏密有致。光洁的簪尾空出一段无花却有个精精巧巧的篆字款。从簪中起，一朵两朵三朵……初看好似随意飘洒，看着看着，花朵渐密，至簪头处，梅花已是堆云叠雪般地怒放了。簪头有花垂下，花蕊细如毫发，一朵套一朵如流苏般轻盈摇曳，像是要从梅树上不安分地一跃而下。

想不到小小一枚簪子，陆子方居然立雕镂雕浅浮雕，手法多样，精美绝伦。紫记儿爱不释手，巧笑倩兮，暖暖的眼神让陆子方心醉。他轻轻揽过紫记儿，将簪子斜斜地插在了紫记儿浓密的青丝间，在她耳边柔声说：来年开春儿，迎娶记儿过门。

紫记儿藏了那支梅花簪子，夜深人静时，对着菱花镜，纤指轻扬，把满头青丝倾下再盘起，竹簪微斜，簪头花朵一串串儿垂下，紫记儿扭动腰肢，宛如风摆杨柳，任那串儿串儿梅花温温柔柔地轻击着脸颊。紫记儿数着手指头算日子，开春儿，开春儿……

让紫记儿始料不及的是还没等到开春儿，陆子方就被召进了宫中。万历皇帝喜欢竹雕，尤其痴迷花鸟竹雕摆件，派出大臣明察暗访，有人推荐了陆子方。

陆子方并没被客客气气地请进宫。他手艺再高，也是个下贱的民间工匠。他被一条绳索拖着，跌跌撞撞地进了宫。从此关山万里不可越，高墙深院，空留两地苦相思。

开春儿了，草长莺飞，柳枝软垂，山溪春水又满，溪水中有花瓣打着旋儿犹犹豫豫地不肯前行。紫记儿悄立溪边，无奈落花流水断人肠，记儿泪飞如雨。

噩耗传来，有人自京城传信儿，说陆子方为万历帝的书房精心雕刻了一条龙，那龙形态不凡，腾空跃起，气象万千；却不知是有意还是无心，把自己的篆字款落在了龙口中。皇帝龙霆大怒，下令处死了陆子方。

万历皇帝并没就此罢休，他听说陆子方还有个绝色的未婚妻和一支天下无双的梅花簪，于是，下令宣紫记儿即刻进宫。

紫记儿被一群侍女拥着走出茅屋时，所有的人都被她憾世的美惊呆了。只见紫记儿艳装华服，环佩叮当，发髻高耸，碧绿的梅花簪赫然入目。紫记儿面向南岸含泪跪拜，那日，陆子方就是从这里被差人拖着，踏上了一条不归路。

突然，昼黑如夜，霹雳震天，狂风大作，雨急似箭，紫记儿不见了。惊慌失措的侍女指着竹林，颤声说，恍然间看见有条身影扑进了翠竹林。

所有的翠竹都被砍倒了，枝叶凌乱横七竖八。少顷，乌云褪尽，暴雨停歇，紫记儿依然不见踪影。劈开青竹，每棵空竹心内都映有一支或清晰或影绰的滴血的梅花簪图形，只能瞧，不能摸。摸了，有紫红顺着青竹一滴一滴淌下，桃花溪至此潋滟如血⋯⋯

不知过了多少时日，溪水中常有一白色大鸟单足伫立，日夜鸣叫。

那鸟头顶有冠，酷似梅花。背上有片紫红，顺着一侧鸟翼渐渐变淡。奇的是，鸟鸣声听起来像是一遍遍地召唤：陆郎——陆郎——

这只大鸟有个好听的名，叫紫记儿。

大钟馗

相思古镇有多少年历史没人说得清，古镇人喜欢木版年画，说不清从哪朝哪代开始。镇子上的老人们说，木版年画有多少年，咱古镇就存在了多少年。

据沈家的家谱记载，明朝末年，沈全的老祖宗们就已经在古镇上讨生活了。那时的沈家单门独户，苦苦守着木版年画这份手艺。许多年过去了，沈家老祖宗开枝散叶，自然人丁兴旺，能人辈出。木版年画到了沈全这辈儿，手艺越发精湛，且有了自己的名号"全成"。

沈全内向得近乎木讷，有人说他一天说不了三句话，沈全的媳妇儿连连摆手说不对不对，他是三天说不了一句话。沈全不是不会说，是不说废话。他把该说的话该做的事该有的心眼儿都聚集在木版画里了。"全成"老店刻印出的秦琼敬德双门神，刘海戏金蟾，五子登科，三娘教子，抱花瓶，线条流畅，色彩炫丽，栩栩如生。沈全最拿手的绝活儿是自个儿设计、绘画、雕刻、套印的新版年画"大钟馗"。

传说开元年间，唐玄宗病中梦到终南山的钟馗为报高祖赐绿袍厚葬之恩，誓替大唐除尽妖魅，画家吴道子按玄宗梦中所见画了一幅《钟馗打鬼图》。自从有了这幅图，世人才知道了打鬼人的模样：蓬发虬髯，面目凶猛；绿袍在身，单臂坦露；除妖降怪，神武盖世。所以，所有年画中的钟馗都是怒目圆睁，面目可怖。

沈全是个爱动心思的精巧人。他根据坊间传说，仔细研究了钟馗的性格特点后，就把自己反锁在屋内，几天几夜过去了，沈全红着眼睛拿出了一幅与众不同的钟馗。

用朱红茄紫藤黄油绿套色印出的新版钟馗头戴长方鱼鳞盔，一左一右的帽翅像两支沾满墨汁的羊毫。绿眉毛绿鼻子紫脸膛，四色虬髯，阔口大耳，两颗长长的獠牙，左手一卷书，上写大吉大利。右手执笔，落墨之处，有"大钟馗"的字样。

真是奇怪，钟馗打鬼没斩妖剑，眼睛不小却无凶猛之光。沈全的新版大钟馗面目威严不失清雅，不似凶猛捉鬼判官倒像点化劝诫之神。镇子上有人就说了，瞎胡闹，这叫什么大钟馗？抱着书拿杆笔，跟妖魔鬼怪说理去？

沈全自有沈全的道理。他说世人皆知钟馗的神武，可他毕竟也是个读书人，"因赴长安应武举不第，羞归故里，触殿前阶石而死"，可见他性子刚烈，把功名看得很重。话说回来，他若是武举得中，荣归故里，人间的妖魔鬼怪也就无人捉了。

古镇上最有权威的沈家老爷子发话了，他说：沈全不拘泥于传统人物的外部形态属于创新之作。他的大钟馗，有颠覆传统之意趣。若是静心观看，倒也气韵生动，清正神武，用意颇深哪。

说来也怪，虽然"全成"字号的大钟馗面目温和，却受到不少人的认可和推崇。沈全也有头脑，想打造名牌，所以新版大钟馗一上架就价格不菲，销路出奇的好；渐渐地，就取代了凶狠可怖的钟馗老版年画。标有"全成"字号的大钟馗不光在国内热销，还远及法兰西英格兰美利坚。有个蓝眼睛黄头发的外国小伙儿来沈全店里进货，不叫沈老板，直接就把沈全叫成"大钟馗"了。沈全也不推辞，叫着叫着就叫响了。

古镇上商铺林立，经营木刻年画的也占多数。沈全有个叔伯兄弟叫沈金，也经营着一家年画店，眼热沈全的新版大钟馗，就动了歪主意，比葫芦画瓢也制成个大钟馗的新版，字号标上"金成"，抢先注册后倒回来状告"全成"侵权。

沈全接到传票后又惊又气，被人叫了许多年"大钟馗"，没想到这次却实实在在地被鬼打了。更让他伤心欲绝的是，这个鬼不是别人，是供奉同一个老祖宗的本家弟弟沈金。

沈全像当初创作新版"大钟馗"时一样，把自己关屋内苦思冥想了几天几夜，决定应下这场官司。不为别的，"大钟馗"不是徒有其名，他要替自己捉一次鬼。

真的假不了，假的真不了。件件确凿的证据，使得真假"大钟馗"一案水落石出。沈金抢注无效，沈全胜诉。新版大钟馗属于沈全的专利，除了他，谁也不能据为己有。

尘埃落定，沈全却平静如水，做出了个出乎大家意外的决定，他要把"大钟馗"底版上的"全成"字号去掉，古镇上的木版年画店谁愿意卖新版"大钟馗"，他都会亲手刻制底版，分文不取送给谁家。沈全还说：从今以后"大钟馗"不分字号，那是咱相思古镇的"大钟馗"。年画这门手艺也不属于咱自己的私人财产，到了法兰西英格兰美利坚了，人家老外能说这是"全成"、"金成"的？人家说这"大钟馗"是China——中国的！

沈全一气儿说出这些话后，古镇上的人都惊呆了，老少爷们儿全拍起了巴掌。沈金一言不发，转身走了。

两天后，沈金捧着一卷画轴来到沈全家，进了门，亲亲热热叫了声哥，接着打开了画轴。也是幅木刻年画，两个童子造型，笑态可掬，悠然自得。一人手持荷花，一人手捧圆盒，盒中有几只蝙蝠飞出。

沈全当然认得，这幅画有名儿，叫"和合二仙"。

有了和合二仙，"大钟馗"从此无鬼可打！

茹先生

　　相思古镇只有一个剪头理发的铺子，叫茹先生修面铺。

　　开修面铺的茹先生却是个女的。茹先生年近四十，少言寡语，瘦高挑个儿，白净脸，长得蛮清爽。在女人眼中，茹先生长得中规中矩，不妖不媚。茹先生本人的发型怎么看都像是三四十年代的明星，镇子上的女人只是在画上见过，眼热的不得了。

　　修面铺开在镇子东头古槐树旁边，门前是条清澈见底的小河，两边全用青石砌就，留有一级一级的台阶。镇子上的人感到奇怪，理发不叫理发叫修面，茹先生不是先生居然还叫茹先生，搞不懂了。越是搞不懂就越想搞懂，相思古镇的人们没少费琢磨。

　　琢磨归琢磨，可不耽误上门来收拾头发。男人们对修面铺里可以转圈儿的皮椅子最感兴趣，坐上去软活活的，像躺在喧喧乎乎的棉花垛上。女人们三三两两地下河淘菜洗衣，茹先生修面铺的大门正好对着那台阶，女人们洗衣时也能忙中偷闲朝她那里瞄上几眼。

　　茹先生不苟言笑，只一句"侬来了"就缄口不语了，铺子里多热闹跟她没关系，她只是专心做活。若把手头的活计做停当了，就拿面镜子放人身后左照右看，客人没不满意的。这时，茹先生嘴角旁才会浮起一丝笑意，抖抖手中的围布，软软地说：下一个。脸上的笑意便收回酒窝里了。

相思镇的爷们儿来剃光头，茹先生手中那把明光锃亮如月牙般的剃刀就有了灵气，上下翻飞极富节奏。茹先生剃头不像其他人那样搬着你的头摁来摆去，让人憋屈。她给人剃头时，或高或低都是调整自己的姿势，有时还半蹲着做活。头剃干净了接着刮脸，全套活做下来，不多不少九九八十一刀，有人专门数过。还说剃头这手艺看似"毫末技艺"，却是"头顶功夫"，茹先生手艺精湛，做活时不急不躁，颇有高手风范呢。

茹先生微微一笑，轻轻摇头，一句"谢谢侬"就再没话了。手下却不停歇，一条热毛巾捂住头，待头皮捂热，再用十指按压轻拍，那舒坦都沁到骨子缝儿里了。

茹先生给人剃头修面不论价钱，你随便给，钱也行，物也中。有一家子来理发，孩子就抱着只鸡过来。

镇上有个叫黑虎的，一脸络腮胡子，常常干些偷鸡摸狗拔蒜苗的勾当，换了钱就去喝酒赌博，谁拿他也没辙。黑虎也是茹先生修面铺的常客，拾掇完了拍拍屁股走人，从不付账。茹先生也不计较，照样认认真真地给他剃头刮脸。有人看不过，出来打抱不平，黑虎就耍横，说怎么着？剃个头算球啥。茹先生儒雅地摆摆手，说乡里乡亲，和气生财。

好像谁也没问过茹先生为什么一人生活，茹先生也从不讲自己的身世。有好事的主儿就去给茹先生做媒人，茹先生笑笑，摆摆手：不当真，不当真。有人说茹先生是见过大世面的人，在上海滩十里洋场混过码头；还说她家先生新中国成立前夕跑台湾去了，她就投靠远房亲戚来到了相思镇。理发时有人搬出传闻来求证，茹先生还是淡然一笑，摆摆手：不当真，不当真。

镇子上的古槐开花时，一场运动也闹腾得如火如荼。黑虎领一帮痞子孩儿胳臂上戴个红箍箍就成了风云人物。他们把茹先生的铺子砸了，说修面修的是修正主义的面子，说茹先生是大军阀的小老婆，挂着牌子游街，还给她剃了阴阳头。

白天游街，晚上，茹先生用蓝花布裹住头，照样给人剃头刮脸。

黑虎听说了，晚上也领人开茹先生的批斗会。筋疲力尽的茹先生在回家的路上不慎摔进沟里，双腿骨折，再也没能站起来。

黑虎他爹卧床两年，形容枯槁，发乱须结，三伏天撒手人寰。老人留下话说要把自己收拾干净再走。黑虎整天作怪不干好事，谁愿意上门来伺候个死人？黑虎他娘哭着骂黑虎，一家人手足无措。

门推开了，茹先生被人背着进了黑虎家。

茹先生开始给老人剃头刮脸。腿断了，不方便，她就让人把老人上半身抬起，放自己怀里理发。大热天，停放两天的老人已有了异味，茹先生全然不顾，聚精会神，剃头修面，不多不少还是九九八十一下，同样用热毛巾捂头，十指在头部摁压轻拍，一丝不苟。全套活做完，茹先生浑身上下像水浇了一般。

黑虎扑通跪在茹先生面前，把头磕得砰砰响。

送走了爹，黑虎负荆请罪，到茹先生屋里跪着哭着要学修面。茹先生不放话，黑虎就跪一天。第二天，黑虎接着跪……后来也说不清茹先生到底收了黑虎没，反正黑虎见天在茹先生身边伺候着，背着茹先生走家串巷给人剃头修面。

茹先生去世时，黑虎披麻戴孝，亲自为茹先生净面剪发。

黑虎的剃头铺子开张了，还叫：茹先生修面铺。

坯　王

大柱是远近闻名的坯王。

相思古镇上的人家盖房都会争着相请大柱，大柱脱的坯坚硬结实与众不同。别处盖房用青石砌根基，半人高时才摞坯垒墙；可用了大柱脱的坯，那些石料就能省一半儿，大柱的坯坚固得可与石料媲美。

镇东头花戏楼隔壁卖膏药的瘸子老三不屑地说，土坯是土坯，青石是青石，没听说过土坯能和青石一样结实。老三走起来总嫌路不平，一脚深一脚浅地来到大柱干活的地方，龇牙咧嘴憋了半晌劲儿也没搬起一块儿坯来。大柱见状一笑，取过一块儿坯，高高地举过头顶，使劲一摔，硬土地面上便被砸出个大坑；再看那坯，完完整整，还不带掉皮儿裂缝。瘸子老三的眼睛瞪成了牛铃铛，只顾竖起大拇指比画，惊得半天说不出话来。

瘸子老三回过神儿后就把大柱叫成坯王了。坯王不是白叫的，坯王自有过人之处。大柱身高八尺，相貌堂堂，稳稳当当往那儿一站，就是托塔李天王，两个拳头亚赛油锤，脱坯不用杵子。大柱的坯模整整比普通坯模大一倍，一下能装八块儿坯，充满湿土坯后足有七八十斤。别人脱坯图省事就地取土，可大柱总是不厌其烦地起五更到离镇子八里远的李家坡起土，说那儿的土质黏度大且细腻。最为当紧的一道工序是和泥，放水浸泡，反复踩踏，直把那土捣鼓的像麦子粉一样的暄腾筋道才肯动手脱坯。

大柱将醒好的泥奋力摔打堆在一起，脱坯时，双手上前，卡满一捧泥，至模具前再忽地分开，左右开弓，把泥摔进坯模中，两只胳臂忽高忽低，上下翻飞，大拳头腾腾腾砸上九下，扎个马步，端起湿坯，往地下轻轻一磕，八块坯分两行就晾那儿了。

清晨的太阳温柔到极致，即便是不眨眼地看它也不会刺伤眼睛。大柱扛着脱坯用的家伙什出现在杏儿家时，杏儿正站在窗户边那棵桃树下梳头，浓密的乌发瀑布般泻下，头顶上桃花夭夭，蜂飞蝶舞。阳光毫不吝啬地透过满树繁花，把杏儿的长发染成了七彩锦缎。大柱一阵眩晕，揉揉眼，定定神，才看清是个花一般的闺女。

杏儿这两条油光水滑的大辫子也不晓得让多少人惊羡。辫子长及腿弯处，乌黑发亮。一整天，大柱只闷头脱坯，衣裳甩在柴草堆上，贴身的那件白夏布褂被汗塌得精湿。他不敢再看杏儿，大柱的眼睛让这个长发妹结结实实地弄伤了。

杏儿来续过几次茶水，每次，大柱听见杏儿细碎的脚步声，心里就像揣了一百只兔子狂跳个不停。杏儿把辫子从胸前甩向身后时，辫稍扫着了大柱的胳臂。大柱一激灵，像过了电。

杏儿说，大柱哥，看你脱坯就像听张天辈说书，你手里也拿着月牙板呢。大柱手没停，脸红得像刚飞到矮墙头上那只小公鸡的冠。

坯王大柱在杏儿家脱坯，起早贪黑，一连干了半个月。杏儿她爹将着山羊胡子，高兴地围着坯垛子转来转去，连声叫好。杏儿说，爹，是坯好，还是坯王大柱哥好？

都好，都好。杏儿她爹一手拍着坯，一手端个红泥小壶朝嘴里倒水。杏儿说，那爹就把他招过来让他给咱家脱一辈子坯。杏儿她爹一口水含嘴里还没咽就被茶水呛住了，咳了好大一阵子。

杏儿她爹总想把杏儿嫁个殷实人家。坯王虽说有门好手艺，可一个汗珠掉地上摔八瓣儿，终归是个泥腿子，不中不中，不能嫁他。

瘸子老三家有个儿子在城里开店专卖膏药，据说生意好得不得了。

前些日子回来进药，在河边儿碰见杏儿了。不见还好，一见顿时傻了，回来就央请他爹上门提亲，说：我进城那年杏儿还是个黄毛丫头，咋一转脸就出落成个天仙了？那长辫子，我的天哪，迷死人了。

杏儿她爹看着瘸子老三家送来的聘礼，高兴得在屋子里待不住，一会儿工夫，端着个茶壶在镇子上走了八个来回。杏儿恼了，说要嫁你嫁，我就看上大柱哥了！

杏儿她娘走得早，杏儿还有个哥哥，脑了不太灵光，就指望着杏儿的彩礼给傻哥哥娶媳妇呢。杏儿她爹比葫芦说瓢，声泪俱下，好话说了一河滩，总算稳住了杏儿。

坏王自从认识杏儿，心里再也搁不下旁人了。坏王想，有了杏儿，这辈子算没白活。等忙过这阵子，就央人到杏儿家提亲，把娘留下的那支凤头银钗送给杏儿做聘礼。

这天夜里，坏王大柱静静地躺在炕上，两手交叉枕在脑后，想着杏儿要是把辫子盘成发髻，再插上银钗和红绒花该是什么模样啊？忽听一阵急促的敲门声，大柱忙起身开门，杏儿跌跌撞撞地进来，抱住大柱就哭，坏王慌乱不堪。

上弦月，像美人盈盈含笑的嘴角。今夜，因了这弯月，星空没心没肺地乐成了一朵花。它对杏儿大柱的愁苦浑然不觉……杏儿离去时，把两条乌黑的发辫齐根铰下留给了坏王。

一所崭新的土坯房远离镇子，孤零零地立在南岸的柳树下，大柱从此不再帮人脱坯，整日待在坯屋里。有人在夜间见过他，一副失魂落魄的模样；问他，也不答话，只痴痴地望着远处。那里，有璀璨撩人的光，是城的灯，杏儿住那儿。

来年八月，一场突如其来的洪水冲塌了不少房屋，可相思古镇南岸那座土坯房却完好无损。据说，大柱在脱坯时，把杏儿的青丝秀发剪碎搅和在土中，每一块儿土坯都散发着杏儿的气息。

如今，坯屋尚在，坏王却不知去向……

祭 秋

缨子紧紧地拽着娘的衣襟走在十月的旷野里。

相思镇田里的秋庄稼都拾掇完了，褐色的土地像赤裸着胸膛的汉子，唯有一棵枯黄的高粱傲然挺立在地中央。一阵秋风吹过，黄叶簌簌，似在诉说着什么。

地头开有一簇黄莹莹的野菊花。缨子松开娘的衣襟，快步上前连根儿掐断，又飞快地跑到那株枯黄的高粱前，刚要动手折，却被娘厉声喝住了。

为什么呀娘？缨子委屈地问。

娘说，独独留一棵庄稼在田里是有说头的，那叫祭秋，祈求来年五谷丰登，人丁兴旺。

哦，祭秋……缨子好像明白了。

那个妖精呢？娘突然问。

娘只要说起金雀儿，历来就是这个称呼。

缨子跟爹在城里读书，心里有一百个不乐意，又不敢跟爹娘说。娘死活不去城里住，说是不想看那个妖精。

金雀儿没给缨子爹做小前是个唱眉户的戏子，好歹也算是个角儿，演过《张古董借妻》里的沈赛花。戏里的赛花女本是有夫之妇，被秀才李成龙借去哄骗老丈人家的财宝，不想弄假成真确确实实做了秀才娘子；

戏外的金雀儿却被在县衙做事的缨子爹一眼相中做了二房。

缨子爹本无心娶小，只是缨子娘有了缨子以后多年不再生养，缨子爹说，丫头片子终归要嫁人，百年后连个打幡摔老盆的人都没，还不叫族里人笑掉大牙？

金雀儿被收房后便不再唱戏，跟缨子爹住在城东一处宅子里。缨子被爹接进城读书的那天清晨，金雀儿早早起床做饭。别看她自小跟班唱戏，却也做得一手好茶饭。时候不大，桂圆红枣粥，红豆冰糖馅儿馍馍，细细的咸菜丝儿就端上了桌。缨子坐在炕沿上，一句话也不说，大眼睛追着金雀儿的身影转。

金雀儿比娘年轻多了，穿碎花布旗袍，琵琶扣，小圆口绣花鞋，走路轻轻地像在云彩里飘。缨子心说，她就是比娘的腰细些，会打扮些，可不如娘好看；她脸上有浅浅的雀斑呢，别以为旁人看不出来！

缨子吃饭了……正出神想心事的缨子吓一跳。看着金雀儿递过来的青花瓷碗，欲伸手接时，却瞟见她白嫩嫩的胳膊上有一道一道的血痕，结着褐色的痂。缨子吃惊地瞪大眼睛，突然觉得恶心，起身抓起书包一溜烟儿跑了。金雀儿一手端碗一手拿筷子追到大门口，没追上，摇摇头，叹口气，怏怏而回，不知这孩子怎么了。

缨子爹寡言少语，忙完公务回到家中，一进门先把头上的礼帽摘下递给金雀儿，接了她递过来的手巾擦脸擦手后就坐下咕嘟咕嘟抽水烟儿，眼皮也不抬；再不就是撩起大褂快步走到当院里的那株石榴树旁，对着鸟笼里窜上窜下的画眉子发呆。每逢这个时候，缨子会轻手轻脚沿着墙根儿溜进西厢房内，摊开书本温习功课，耳朵却听着外面的动静。姨娘金雀儿扎上个蓝花围裙，挽起衣袖忙着生火做饭。如果不是风箱啪嗒啪嗒响的话，这所青砖黛瓦的小院死一般的沉寂。

学堂放假了，缨子被爹送回相思镇。缨子娘围着女儿问长问短问东问西，最后的话题总会落在姨娘身上。

那个妖精待你好不好？待你爹好不好？缨子娘一连串地发问。

缨子说，别的都好，就是金雀儿姨做的饭我不想吃。缨子从不叫金雀儿姨娘。

娘仔细端详着缨子说，我家缨子果然瘦了，脸尖得像我纺出来的棉线穗。

缨子接了娘递过来的糖水蛋，嘴角一撇，说：她胳膊上总有血，一道一道的，真脏。

缨子娘闻言，一怔，不再言语了。

姨娘金雀儿是关中人，自小被卖进戏班子，几乎和家里断了来往。有时金雀儿也会倚院门站着，偶尔听见有关中口音的人就会招呼人家来屋坐坐，东绕西拐，变着法打听娘家的消息。

小院儿里的石榴花红灿灿地晃人眼，金雀儿在这个院子里不知不觉也住满两年了。两年里，金雀儿一点没变，走路还是轻飘飘的似在云彩里飘，腰还是细得一扎就能握住。缨子爹越发沉默寡言，脸上能拧下水来，动不动就回乡下住，把金雀儿和缨子留在小院里。

金雀儿开始频繁地找郎中把脉，吃完汤药吃丸药，吃完丸药吃膏方，把个小院折腾的像个中药铺，就连画眉子的叫声也弥漫着浓重的药味。

傍晚，隔壁李二婶送过来几个红柿，缨子贪吃坏了肚子，晚上起夜时，听见姨娘房中有动静，缨子敛声屏息听了一会儿，像是哭声，低低抽泣，很压抑的样子。缨子就在窗外叫，姨，你哪不舒服？金雀儿没回答，房里却没了声息，缨子讪讪回到西厢房。

次日清晨吃饭时，缨子又问。金雀儿说缨子你发癔症吧？缨子越发奇怪，大人们的事真让人不明白，哭就哭了呗，还不愿承认，真是的。

缨子爹回来了，娘也来了。娘是第一次踏进这个小院，金雀儿乱了方寸，赶紧拢了拢头发跑出来，低眉顺眼站在一旁。缨子娘也没看她，只是拉着缨子进了上房。

夜里，缨子娘熄了灯，坐在炕上搂着缨子，也不说话，偶尔往对面屋看一眼，又看一眼。缨子爹和金雀儿不知在说些什么，身影映在窗棂上，像皮影戏里的人儿，很晚很晚，灯才熄掉。

太阳露了头，画眉子叫得正欢，缨子娘把六个银元硬塞到金雀儿的蓝布包袱里，拉起缨子随着金雀儿向外走。

深秋时分，通往关中的那条官道上几乎没有行人。雾气氤氲中，金雀儿挎着那个蓝布包袱急急地走着，羸弱的身影像田里那株枯黄的高粱……

缨子小声问，娘，那妖精还回来不？

娘劈头给了缨子一巴掌，厉声说：少家失教的丫头，那是你姨娘！

岁　月

　　樱子的娘一手拉着樱子一手挽个蓝花包袱闷着头急急地走着，樱子被娘扯得跌跌撞撞的，她不敢问娘为什么，甚至连去哪也不晓得。

　　有风。深秋时分的风带着小锥子，吹得紧时，扎得人脸、手生疼生疼。

　　樱子戴个红色的绒线小帽，不时地用手捂着头顶，怕被风吹落。

　　一只鹰就在娘和樱子的头顶上盘旋，时而展翅时而舞翅，若即若离。

　　倏地，一个巨大的黑影从天而降，没等樱子和娘回过神儿，樱子就觉得头皮一阵发凉，小红帽没了。

　　樱子惊恐的哭叫，仰脸看着鹰爪里的一点红越升越高。

　　前年冬天，爹带樱子进城看戏，那戏班里有个女子正往鬓角插珠花，爹好像跟那女子很熟，俩人说话时，樱子看见爹还拉了她的手。散戏后，那女戏子妆没卸就慌忙出来相送，凛冽寒风中，把个小红帽亲手戴在了樱子头上。

　　红绒线帽子很漂亮，戴上它，樱子在一群女娃娃中像朵灿烂的石榴花。

　　娘惋惜地说，算了，没把你抓走就是你的造化了。樱子不甘心，她挣脱娘的手，站在原地继续寻找那只鹰。

有个红点从灰黄的空中飘飘悠悠往下落，樱子惊喜地大叫一声，它不要我的帽子。

小红帽失而复得，樱子得意极了，慌忙戴好，掉头往回跑。

娘在原地站着，伸出一只手，像是在招呼樱子。

这该死的风，把娘的声音都吹散了，樱子只能看见娘的头发在风中飞舞。旷野中，娘的身影单薄得令人心疼。

此刻，樱子的眼睛里只有娘，她迎着风使劲儿朝娘那儿跑。

"扑通"一声，樱子眼前一黑，糊里糊涂掉进道旁的大坑里。与此同时，樱子听见娘撕心裂肺的叫声……

好在坑不深，刚没过樱子头顶，小小的人在坑里蹦着大叫：娘——娘——娘——

娘头发散乱着，扑到了坑前，双腿跪着，欠下身，伸出手，把吓坏了的樱子使劲儿拉了出来。

娘儿俩就那么抱着，抱着。有条狗样的东西，嘴里叼了块儿什么，拖着尾巴从她们身边跑过，并回头望了娘和樱子一眼。

樱子记住了那两道贪婪的目光，她恐惧地问：是狼？

娘却说是狗。嘴里说着，顺手从地上捡起了一块儿石头，紧紧地攥着，连连招呼着樱子快走快走。

深秋，枯黄的玉米棵子快长干到地里了，丘陵地区的人家不在乎，贫瘠的土地有的是，并不指望赶紧把地都整理好，玉米收的越晚蒸出的馍馍越香。啥时跟脚拽着季节的尾巴砍倒玉米平整土地再种麦子不迟。

娘是小脚，以前出门会套车，决不像今天走走停停，险象环生。去哪里？啥时能走到？不知道。

爹在世的时候，樱子家雇有两个短工。爹在县衙做事，当然不过问农田里的事儿；即便爹回到家，也只会躺炕上呼噜呼噜抽水烟。娘在家操持家务，纺花织布做饭，忙得团团转。

不管多忙，娘也把自己收拾得干干净净利利索索。娘长得白净、细长眉，杏核眼，椭圆脸，头发密实得一把抓不透。娘把头发从额前左右分梳下两绺，剪得和下巴一样齐，捋在耳后，用红丝绳把浓发扎了足足有一寸长后，再盘成元宝髻横插一根龙凤簪。娘衣襟上常别根针，针眼里纫根长长的线，哪破了或是掉个扣子开了条小缝儿，娘都会翘着兰花指，取下针来在浓密的发间篦篦针，随时随地，飞针走线。

爹是去年腊月病的，大口大口地吐血。娘带着樱子坐车赶到城里时，爹的脸像一张黄表纸。娘替爹擦着嘴角的血迹，泪水涟涟。樱子躲在娘身后，不相信这个脸色蜡黄奄奄一息的人就是素日穿长衫戴礼帽模样清俊的爹爹。

爹不在时才三十三岁，娘三十一岁。娘把发髻上的红丝绳换成了白色，娘成了寡妇。没了爹的樱子上不起学堂了，她跟在娘身后，经常回舅家。

樱子舅家在韩岩，家境殷实，娘没出嫁前，是在深宅大院里长大的。樱子初次回去，舅舅妗子煮了一锅白米饭，炖了冻豆腐和腊肉，由着樱子性子吃。樱子抬起头，对娘说：腊肉很香呢。娘狠狠剜了樱子一眼，樱子红着脸不敢言语了。

慢慢地，妗子会躲着樱子和娘。家里的短工早就辞了，地一点一点地归了本家的三叔。三叔也是读过书的人，可他骂娘的时候，凶得很。他居然骂娘是扫把星，早早就把他二哥给克死了。樱子觉得三叔不该这样。娘是三叔的亲二嫂，爹在世时常接济他，一大家人亲亲热热的；他穿的皮袍，还是爹买的料子娘熬夜给做的呢。

孤儿寡母日子难熬，昨夜，风刮得紧，娘把樱子平时穿的衣服归置到一块儿，摸出两块银元缝在樱子的夹袄里，把头埋在衣服里哭了。娘哭的时候，没声。樱子只能看见娘瘦削的肩膀一起一伏的。樱子不敢吱声，她以为是自己做错了什么。许久，她才怯生生地说，娘，我吃不了多少饭的，娘你别愁。娘抬起头，满脸泪痕，抱住樱子大放悲声。

暮色越发沉重，前面黑压压的树木密集了起来，风一吹，影影绰绰晃出房子的轮廓。村口，有人提盏马灯迎了上来，说樱子娘，怎么走到这会儿？娘没答话。

一所院，两扇大门，门上有一排排的大铜钉；跨过高高的门槛，有一道影壁。娘和樱子被那人引进了西厢房。

以后的事情樱子曾经无数次的回忆，她只能记起自己太乏，吃罢饭就睡了，抱着自己的红绒线帽一觉睡到了大天亮。

娘不见了，蓝花包袱端端正正地放在炕上。从那天起，樱子成了这家的童养媳……十五岁那年，樱子写了一封信丢在这家人的八仙桌上，逃走了。

樱子是揣着红绒线帽跟杨兰春的剧团走的。

黛尔和她的朋友

三个人是好朋友，刚子陆言都喜欢黛尔。

黛尔清丽可人，两个小酒窝诱得人眼晕，齐肩的两条短辫透着朝气，整天像只快乐的小鹿。

三人一起上的大学，刚子和陆言在中文系，黛尔在艺术系。

刚子直言不讳地告诉陆言，我喜欢黛尔，没有任何理由，就是喜欢，看到她我就心情舒畅。你说，我和黛尔是不是很郎才女貌啊。

刚子是学校的美男子，一张脸棱角分明，颇有电影明星的范儿。刚子身后不乏追求者，他说换下来的衣服从没自己洗过，只要扔盆里就有女同学给拿走、洗净，叠得整整齐齐送回来，压根儿不知是谁，想感谢都找不到人。

这话真不是吹的，约他的女同学不少。刚子的书本里经常会有女同学悄悄留下的约会纸条，刚子不去。

刚子和陆言住一个宿舍。陆言问他为什么不去和女同学约会，我可是巴不得有这样的机会哦。刚子说，我不去，我得看好你，不给你创造单独和黛尔在一起的机会。

陆言拐弯抹角地告诉刚子，自己也喜欢黛尔。他有理由，他说黛尔喜欢吃他妈妈做的咸菜。

在学校食堂吃饭，陆言总是带着母亲自己腌制的咸菜。黛尔尝了，发现新大陆般地惊奇，这咸菜太好吃了，清脆爽口，原始部落的味道，超级棒。

黛尔打了份辣椒肉丝，回来往陆言的跟前一推，拿走了那瓶咸菜，以物易物，咸菜我霸占了。

学校放假，黛尔央求陆言，再给我带点咸菜来吧，替我谢谢阿姨。

陆言回家和母亲说了，母亲喜得合不拢嘴，变着花样做了好几种咸菜，尤其是采摘野菜腌制的酸辣苦菜，辣得黛尔直冒汗，吐着舌头还叫好吃。

陆言说，我妈说了，爱吃咸菜的女孩，将来一定是贤妻良母。我妈还说，找媳妇就找黛尔这样的女孩。

刚子哈哈地笑，说你小子傻吧，黛尔那是借口，想给你点帮助又怕伤你的自尊心。你的咸菜都快把黛尔浸成咸萝卜干了。

学校组织学生实习，黛尔和陆言分到杏花村，刚子分到桃花庄。

两所小学校相距有近半个小时的路程，还要走过两座石桥，绕过河滩。

那日三人在水塘边散步，黛尔的手绢被风吹起，忽忽悠悠飘落在水中。粉荷花边手绢慢慢地没入水中。

黛尔轻轻说，那是小姨从杭州带给我的。

刚子说，我哥经常出差去南方，我让他给你带一打。

陆言连鞋都没有脱，扑通一声跳进了水塘，霎时，水底下的污泥泛起，如同扔进一枚炸弹般翻腾不息。

折腾了一阵，没结果，陆言的一只鞋反而不知去向。

黛尔说，算了，快回去换衣服吧。

走了几步的陆言，停下来，脱掉脚上的另一只鞋，一挥手，鞋子飞进了水塘。

刚子说，咋了，赌气啊?

陆言说，留下一只也没用。如果水塘干了，谁捡到了也是一双，还可以穿的。

黛尔在陆言晾衣服时，看到了那条粉荷手帕，她笑笑没说话。

刚子三天两头总要来找陆言在一起扯淡。陆言知道，刚子其实是来看黛尔的。

那日，刚子兴冲冲来找黛尔，说他那所小学要组建个合唱队，参加乡里组织的会演。学校没像样的音乐老师，刚子和校长说了，请黛尔去当指导。

陆言不同意，说等这边放学才能去教歌，回来要走夜路的。

刚子说，黛尔放学就去我们那儿，完了我送黛尔回来。

黛尔说行啊，这也是一次锻炼机会，教唱英雄赞歌吧。来来来，反正这会儿也没事，我先拿你俩开练。

三个人在小院里放开了歌喉。

刚子的声音洪亮且富有磁性，乐感也好。陆言就不敢恭维了，不是鬼哭也近乎狼嚎，尤其是副歌部分，那调跑得够邪乎。黛尔笑得直不起腰，说，陆言，你跑到西伯利亚了。

黛尔每天一下课就急匆匆地往刚子的学校赶。

练完歌，刚子送黛尔回去，一路上刚子口若悬河妙语连珠，路也觉得近了。刚子说，他已经和在市委工作的父亲说好了，等一毕业就进机关上班。刚子还特别强调，他父亲也很关心黛尔的事情，只要黛尔愿意，可以一同进机关。黛尔觉得和刚子在一起，快乐就特别多。

那天杏花村小学临时有个教学会，散会时已经暮色四合。黛尔抓起歌本就往桃花庄赶。过了两个石桥，天就黑透了，半个月亮静悄悄地爬上了杨树梢。

黛尔想赶个近路，就沿着小路从玉米地里穿过。出了玉米地，前方开阔起来，隐隐约约看到地里有一堆一堆未来得及撒的肥料。

黛尔走近细看才发现不是肥料，是一座一座的坟包。自己竟然走进了乱坟岗。刹那间，黛尔头皮发麻，惊出一身冷汗，空空的旷野里只有黛尔孤单无助的身影。

有风袭来，坟头上的乱草纷乱摇曳，沙沙作响。黛尔惊叫一声，撒腿就跑。

忽然，身后传来了一阵歌声：为什么战旗美如画，英雄的鲜血染红了他，为什么大地春常在，英雄的生命开鲜花……那调跑到西伯利亚了。

是陆言。他每天都在暗地里护送她。

黛尔的泪唰地下来了。她没回头，抹着泪安静地走向桃花庄小学。

后来，黛尔嫁给了陆言。

黛尔说，刚子是在彼岸等候自己的人，陆言是护送自己去彼岸的人。

三个人仍然是好朋友。

穿越在欲望的部落里

我清楚地记得，那毛驴脑门上有朵红灿灿的花。

麦田里，他骑着戴花的小毛驴跑得一溜烟儿。

我只能看到他身着青衫的背影，同时发现毛驴的尾巴梢也有花，那点刺眼的红忽左忽右飘浮不定。正是因了这红，我才不至于跟丢。没想到，驴尾巴这会儿像盏航海灯。

我紧跟着喊，青衫不应。我望着起伏不定的麦田，无助地大哭。

天的颜色不再蔚蓝，朵朵白云早已不知去向。天和麦子的颜色一样，焦黄焦黄的。突然那麦子噌噌地长，树样的高大。平日深扎在泥土里的麦根蓦地变得粗大蜿蜒，如原始森林里的千年榕树根，盘根错节，沧桑得近乎狰狞。

我在麦田里跌跌撞撞毫无方向地奔跑，死活跑不出来，不是被树根绊住了脚，就是被低垂的麦叶划破了脸。血珠从面颊滚落在手臂上，枯叶上，斑斑点点，疼痛的感觉起起伏伏像潮水，我似乎并不在乎，享受着能令人产生快感的疼痛。

焦黄色的天令人恐惧之极。我好像大声呼叫了，也好像没呼叫，或许是我压根儿就不敢呼叫。这个荒凉诡异人迹罕至的地方，千年树妖和戴着尖顶帽的女巫没准儿就在前面拐角处或者岔路口，冷笑着等我落入她的魔掌。

绝望中，有个声音在耳边急切地催促：走，还不快走！我惊恐地向后看了一眼，不敢耽搁，猛然跳起，抓住一片麦叶使劲一荡，居然把自己像根羽毛似的荡了出去。

清澈的小溪旁，我终于可以气定神闲地环顾四周了。陡峭的山壁，许多人在徒手攀岩。望着几乎直上直下的峭壁，我纵身一跃，像只壁虎似的手脚并用蹭蹭向上爬。我的眼睛只能看到褐色的山壁，喷出的热气呼呼地又反射回来，湿漉漉的土腥味令人极其不爽。

将到峰顶时，意想不到的事情发生了。我紧抓的两块石头开始松动，裂缝一点点加大，我惊恐地瞪大了眼。突然，身边一黑衣人惨叫着摔了下去，"砰"一声闷响，黑衣人半边身子已浸在水里，鲜血深浅不一层层洇开，我不敢再看，绝望地闭上眼睛。我想，要不了多久，我也是这个声音，这个姿态，也会把溪水染成重重的玫瑰色。

先前那个声音又出现了，还不时地附我耳边低语：来呀，求……那声音急急切切没有温度，跟在麦田里判若两人。我明白，死神到了，他在召唤。这一刻，我万念俱灰。

死亡原来这样可怕，而我面对死亡又是如此胆怯。在此之前，我从来没有正视过自己，还以为我是个有着铮铮铁骨的斗士。我开始有了几分羞愧。

石头的裂缝越来越大。情急当中，我发现那头戴花的驴子神色安然地出现在峰顶，驴尾巴一甩一甩地指着右面不远处一条通往山顶的青石板路。看来，绝路逢生是上天的安排，我喜极而泣。

我哆嗦着将脚踏在另一块儿凸出的石头上，艰难地转过身，抓住了一簇根植于岩石之中大得出奇的蒲公英。它朴实无华却傲然挺立，仿佛生长了百年千年，它是这道峭壁上所有野花野草的王。

那株蒲公英柔韧的茎将我弹到了一处芦苇茂密之地。我一直对颜色青苍的芦苇有着特殊的喜爱，它从不认为大自然薄待了它们，尽管纤细的身躯不可落雀，柔柔细风也能让芦苇低头，可芦苇懂得理解和包容、平衡与折中，仿佛它生来就不会抱怨。氤氲雾气中，拉封丹老人家用低缓的法语在讲一个古老的寓言故事……

我想起了《诗经·国风·秦风》中的诗句：蒹葭苍苍，白露为霜。所谓伊人，在水一方……莫非这个地方就是秦地？我听到了两千五百多年前的歌声，由远至近。就在悦耳动听的秦地歌声中，我开始寻找伊人风姿绰约的身影，她忽而在水一方，忽而在水中央。

寻寻觅觅，难以得见，却在芦苇深处意外地发现个狐狸窝。我想都没想，抢起木棍，打死了那只火红的母狐狸。我要亲手剥下它的皮做个漂亮的围脖，然后戴着它去参加派对，我想让所有爱美的女人都嫉妒得发狂。盼望得到个狐狸皮围脖是在我十周岁那年萌生的，这个奢望缠缠绕绕困惑我了许多年。眼下这个好事来得突然，我欣喜若狂，差点儿没失心疯。

那只美丽绝伦的火红狐狸还有丈夫和儿子，它们悲恸地哀号着，愤怒的龇出白森森的利齿，恨不得一口吞了我。我胆怯了，无论如何也不敢面对它们仇恨的目光。我忍痛丢下那张血淋淋的狐狸皮，落荒而逃。

逃命的时候，我穿了双水红色的绣花鞋，左脚龙右脚凤，龙腾凤翔，栩栩如生，转眼来到了山的这边。

风景这边独好！如雪的槐花，全长在崖边。风儿袭来，枝条柔软，像美人的腰。一道似曾相识的溪水，流速甚缓；有一白衣女子，面目姣好，青丝如瀑，不知是谁。她端坐水中，把斑斓的花瓣洒在溪流中，犹如美人鱼。她在歌唱，山谷间充满了缥缥缈缈穿越心灵的天籁之音。

我悄立溪旁，在歌声中，内心一片澄明！

忽然，那头脑门上有朵红灿灿的花的毛驴子嘴里衔着焦黄焦黄的麦叶朝我一头撞来，我来不及躲闪，跌落在溪流中。

我猛然惊醒，浑身大汗淋漓，再也无法入睡……

学兄老莫

好多年没见老莫了，偏今儿有电话给我，说要陪着家人来古城看牡丹。

老莫是我学兄。

老莫还不是老莫时就被我叫成老莫了。

这话听起来有点绕。

老莫个儿蛮高的，精瘦，稍稍有些驼背，私下里我把老莫称为驼背五少爷。当然，从不敢当面叫起，老莫至今也不晓得他还有这么一雅号。要知道，非骂死我不可。

艺术系有几个长相奇特的人，我曾说过，假若没老莫，拍戏时地主没人演了；少了金畅，狗腿子没了；缺了大夏，汉奸上哪找去？这几个人站一块儿，我天，世界上就没好人了。

老莫是个长脸，从侧面看像座被削过的山峰，有些陡峭，鹰钩鼻，下巴很不情愿地向里收，大门牙，脸上还有个黑痣，长哪边记不清了，反正挺锦上添花的。而且这痣太会长了，要没，那脸就必然缺点什么。这么一整合，老莫比地主还像地主。

系里要拍个小话剧叫《半块儿银元》，老莫一看剧本，拍着屁股乐了，说这出戏里没汉奸，大夏也不能歇着，我出场要带俩狗腿子，金畅和大夏一边儿一个得伺候着我。导演说，算事儿。一锤定音，大夏不乐意也没门儿。

我负责布景道具服装化装，搁现在叫场记，很唬人也很零碎儿。

正式演出时，老莫褐色长袍黑色团花马褂，手执一根黑漆漆的拐杖。

金畅和大夏短装打扮，跟电影电视里出现的狗腿子一样非常脸谱化。

我感到奇怪的是地主和狗腿子的发型居然一模一样，全中分且打了发蜡，溜光水滑，苍蝇上去都管劈叉。

我一边说不行不行老莫你这发型不符合人物性格，一边把准备好的瓜皮帽硬扣他头上。

他不乐意。我说你得注意自己的身份，他俩听你使唤，怎么分不出主次呢？金畅把我拉到一边，捂着嘴说，老莫今儿下午专门跑"良友"把头发吹成五五开了，你那瓜皮小帽硬让他戴，银子岂不打了水漂？良友理发店当时在城里最有名气，一水儿的上海理发师，张口闭口侬阿拉什么的，一进店好像到了上海滩。

地主家也不富裕啊……若干年后看《甲方乙方》时，葛优饰演的老地主有这么一句阴阳怪气的台词，我爆笑，总能想起老莫的中分发型来。

《半块儿银元》这出戏的时间背景是冬季，雪花飞舞，寒风刺骨，地主带人上门逼债，开枪打死老佃户时，也把他卖孩子得到的银元打飞了一半儿。

我很敬业地趴在高高的木梯上，把撕碎的纸片冒充雪花一把把地撒下去，居高临下看着老莫凶神恶煞般地将拐杖戳在老佃户的额头上，还咬牙切齿地说：我让你死——这句话剧本上没，老莫这叫现挂。

这家伙，画个三角眼，粘了几根稀疏的山羊胡，又把脸上本来就是"原创"的黑痣夸大了两倍多，形神兼备，把个老地主刻画得入木三分令人痛恨。我也沉浸在悲怆的气氛中，差点儿冲到台子上踹他。

傍晚，是艺术系最活跃的时候，练琴，练声，或是三三两两凑一块儿对台词。老莫修手风琴，每天这个时候，他都会搬个凳子坐在假山旁练《西班牙斗牛曲》，这会儿听不到那激昂而振奋人心的旋律，仿佛少了什么似的。

男生寝室坐西朝东是幢筒子楼，跟女生宿舍的坐向如同舞蹈中经常站的丁字步一样。今天该我值日，得去男生寝室取点名册。

楼上静悄悄的了无声息，我站在门口轻轻敲了两下门，就听见老莫有气无力地说进来。

老莫穿着鞋在床上斜躺着，眼睛一眨不眨地盯着天花板。

说天花板其实不是天花板，应该是上铺的床板，那上面被老莫贴得花里胡哨的。

我吓了一跳，极少见老莫这个表情。他整天乐呵呵的，戏中的恶霸地主戏外一点儿都不凶，少有的好脾气。

病了？

他不吱声。

再问。

他把手中的信扔了过来。

我捡起一看，是老莫他姐姐写的，说父亲又结婚了，女方年龄也不小，家庭出身不好，是地主家的闺女。喜宴办了三四桌。父亲一身新装，高兴地跟什么似的……

地主家的闺女呀！老莫一捶床板呼地坐了起来，"咚"，脑袋碰住上铺了。

我说莫兄，你这么说不对呢。你爸还年轻，找个人互相照应着，只要开心就好。

老莫低头不语，半晌才说，我妈去世不到仨月，他就找人，我接受不了。

那年暑假，老莫硬着心肠没回去，他不原谅他父亲。

后来怎么样也没问过，有大半年的光景，老莫一直闷闷不乐，满腹心事的模样。

校园里再也听不到老莫激越昂扬的《西班牙斗牛舞曲》了，偶尔也见他坐在假山旁，却拿把二胡，拉着《江河水》，呜呜咽咽，催人泪下。

《半块儿银元》又演过几次，还获了个什么奖。老莫再没去理发店吹过五五中分，每次都顺从地带上瓜皮小帽，出场后依然全神贯注的演戏，用拐棍戳老佃户额头的动作取消了，这动作虽能表现人物的穷凶极恶，可把握不好的话，极有可能出现失误。老莫动情地说，佃户也是人啊。

这是地主的扮演者老莫说的。假若真地主这么说的话，颇有点阶级调和的意味了。当然，得放在当时的历史背景下来看不是？！

如今老莫成了名副其实的老莫了，明儿就带着他的父亲母亲来古城赏花。

我想，老莫说的母亲肯定是他继母——那个地主家的闺女。

突然有个坏坏的念头，见了面，我一定要悄悄问他：还记不记得那个傍晚，哦，就是你把信扔给我看的那个傍晚……

银　钗

　　银钗是在一次蹚河时无意中被人发现她的秘密的。

　　萧家寨距离相思古镇有二十多里路，不算远，来来回回却是不易。有条无桥的瘦河，过往行人把裤脚向上一拉就能涉水而过，男人们没觉得不便，女人们不习惯，女人有女人家难以启齿的尴尬事。

　　萧家寨的女孩银钗十六岁了，高挑个儿，眼睛弯弯眉毛弯弯，像天边的月牙，笑起来迷死人，胸脯高高的，直溜溜儿的长腿，走起路一蹦一跳像只健硕的小羊，浑身洋溢着沁人心扉的青草香。

　　银钗家人口不多，父母，哥嫂和她。哥去年成家，娶的是古镇上沈家的女儿，姑嫂俩很能说上话。念书不多的银钗开开心心地过着自己的日子。嫂子从娘家带回一本《西厢记》的连环画，银钗翻了又翻，说：我不是相门家的闺女崔莺莺，可也想遇到个像张生那样有情有义的俊美书生。嫂子，你做我的红娘吧。

　　嫂子忙着纳鞋底儿，听了小姑这话，把手中的鞋底儿轻轻地拍到了银钗的肩上，笑着说，死妮子，人小鬼大，你急着嫁人呀？银钗捂嘴吃吃地笑了半晌才说，人家还小，谁说我着急了？

　　银钗看上的人叫柳根，住在寨东。柳根家有棵桂花树，枝繁叶茂，开花时寨子里满是醉人的花香。银钗会常常借故到柳家摘桂花，插在自己的衣襟上发辫中，香气袭人。柳根也隔三岔五采上一大把，连叶带花给银钗送去，一来二去，俩人心里都有点意思。

这天，隔墙儿的二嫚和西院的槐花拉上银钗去古镇上买绣花丝线，一大早就花喜鹊似的叽叽喳喳出门了。前阵儿有雨，河面宽了，水流也急，姑娘们脱掉鞋子，裤脚挽得高高的，相互拉着手小心翼翼地渡河，突然二嫚脚下一滑，拽着银钗槐花一齐倒在水中。

好在河水不深，几个人连滚带爬上了岸，湿透的衣服紧紧贴在身上，凸凹毕现，姑娘们害羞了。银钗说咱钻柳棵子地把衣裳晾干再去古镇吧？只能这样了。

离河道不远有一排密密匝匝的柳树林，正好可以掩身。姑娘们飞快地跑进林子，七手八脚扒掉了湿衣裳，拧干，抖搂几下，忙着把花花绿绿的衣裳晾在树棵子上。

赤条条的姑娘们忙完后就打量起自己和别人的身子来。这一看不当紧，二嫚指着银钗说咦，你怎么和我们不一样？

裸着身子的银钗极美，细腰，坚挺的乳房，结实修长的双腿，湿淋淋的长发还在淌着水珠子，一缕黑发贴在花骨朵似的乳尖上，浑身上下洁白无瑕。

二嫚和槐花平坦的小腹下都有一片茂密繁盛的青草地，而自己身子的那个地方却光光洁洁，像个没成熟的白兰瓜。银钗疑惑不解，她从没发现自己会和别人不同。

银钗被二嫚她们惊讶地指出后，才意识到这个不同应该是自己的小秘密。路上，二嫚她们挤眉弄眼嘀嘀咕咕让银钗心里十分别扭，更可怕的是银钗听到了一个词：白虎女。

哥去了陕南，嫂子夜里叫上小姑做伴儿。姑嫂俩亲亲热热钻进一个被窝说着悄悄话。银钗话头一转问嫂子，你知道啥叫白虎女？嫂子口无遮掩地说：听老人讲，那个地方寸草不生的女人就是白虎，不吉利，会克夫，妖媚淫荡，会慢慢吸干男人的精血，得用青龙才能降得住。

银钗听了，犹如五雷轰顶，她惊恐地把嫂子的手拉在自己的腹部下急促地说嫂子你摸摸，我是你说的白虎吗？嫂子吓了一大跳，急于抽回自己的手，却被小姑子死死拉住。银钗带着哭腔说嫂子，将来我嫁人会克夫吗？嫂子大骇，不知该怎么回答。一晚上，姑嫂俩各怀心事，谁也没合眼。

八月十五到了，娘和嫂子都在忙着炸菜角，做月饼，准备拜祭月婆婆。娘一边忙着，一边招呼银钗支锅倒油。银钗默默地走到嫂子身边小声说：嫂子，我这样的身子不吉利，你和娘忙吧。说完，头一低，快步出了家门。

娘不明就里，边和面边骂银钗，死妮子，就会偷懒，看她将来怎么嫁得出去。

银钗真的嫁不出去了，别看她貌美如花，她是白虎。柳根不是青龙，自然降不住白虎，方圆几十里都知道萧家寨有个白虎女叫银钗。

过罢年剩女银钗就往三十岁里走了，可还是孤身一人。

后山有个又老又丑的男人叫梁子，主动上门提亲，说是不嫌弃白虎女。嫂子咋看咋觉得不般配，太委屈小姑子了，不想银钗心一横：嫂子你跟他说，我嫁！

秋越走越深，眼看就揳冬天边儿了，银钗嫁到了后山。

土坯新房里喜气盈盈，门楣和屋内贴了不少大红喜字。床头还有张画，银钗一看，差点儿昏过去，那画上画了条张牙舞爪的青龙。

后山也没几户人家，差不多天天晚上都能听见银钗的叫声。

婆娘们咬着耳朵说，到底是白虎女，敢情天天晚上都快活逍遥。

有人来看银钗，无意中瞅见银钗的胳膊上全是黑紫块儿，像是掐的。

银钗却说是自己不小心碰的。

再问，银钗还这么说。

又老又丑的男人梁子对着后山的婆娘们吹嘘：降不住白虎，我就不是青龙。我梁子还能让银钗给克了？其实，也只有银钗心里清楚，梁子他压根儿就不算个男人。

岁月是一条河，渡过去的是美好，渡不过去的是苦难，其实，明知是苦难，也得渡⋯⋯

绒花红桃花鲜

花奶奶不姓花。婆家不姓花，娘家不姓花，可妞子非叫她花奶奶。妞子说，谁让她头上老戴朵红灿灿的花呢。

花奶奶住的村子在山那边，妞子说，离城有八百里吧？

小孩子家的话不能信，妞子说的八百里就是很远很远的意思。

妞子就住在离这儿有八百里远的城里。一放假，就被妈妈送回山里来了。

山里真好！有满坡的野花，黄色珠珠花，粉色打碗花，紫色铃铛花，还有花奶奶头上的红绒花。

花奶奶爱说爱笑会唱曲儿。

山里人说的唱曲儿不是咿咿呀呀的真唱，是念；曲儿也不是抑扬顿挫跌宕有致的调儿，是乡谣，一句一句合辙押韵。花奶奶唱曲儿唱得最好，妞子爱听。妞子说，花奶奶的声音脆脆的像炒豆子。

门前有棵木槿花树，花奶奶搂着妞子坐在树下，一阵清风掠过，那些花儿轻舒腰肢，摆动个不停。花奶奶眯眼望着满树的花朵，不知想些什么。妞子说，花奶奶，唱曲儿吧？花奶奶扯着妞子的羊角辫，脆脆地唱：木槿花下有一家，姐妹三人会扎花。大姐扎的红牡丹，二姐会扎白菊花。剩下三姐没啥扎，搬起纺车纺棉花。线儿细细织成布，布上开满木槿花。

妞子说，我也要穿开满木槿花的大花袄！花奶奶就笑，笑得头上那朵红绒花颤颤巍巍就像树上被风抚摸过的木槿花一样。

很多时候，妞子缠磨着花奶奶，就坐在花奶奶家的那张雕花大木床上，看花奶奶飞针走线，扎花绣朵；累了，就倒在花奶奶怀里。花奶奶放下手里的活儿，揽过妞子，轻轻拍着唱着：妞子睡，妞子睡，奶奶去地掐麦穗。掐一篮，煮一锅，妞子吃了不撒泼……妞子就在花奶奶唱的曲儿中酣然入睡，做了多少多少甜蜜的梦？妞子扳着嫩嫩的手指，数了又数，数不过来。

妞子眼中的花奶奶和隔墙的那些奶奶们不同，那些奶奶的头上没有红灿灿的花，那些奶奶家都有爷爷有叔叔姑姑。花奶奶家没有，什么都没，就她一个。

独个儿过日子的花奶奶一点都不愿闲着，针线筐里有永远也补不完的烂衣裳和破袜子。每逢这时，妞子就会安静地坐在旁边，两手托腮目不转睛地盯着花奶奶看。花奶奶不时地将针插入浓密乌黑的头发里篦一下、又篦一下，然后停下来，抿嘴一笑，从针线筐筐里摸出仁核桃俩杏递给妞子：小小青杏尝个鲜，二月果子涩巴酸，三月樱桃搁暑天，四月李子甜又酸，五月石榴圪塔塔，六月葡萄一串串…… 妞子说，七月呢？花奶奶就说，想听就要等到下半年唱了。妞子乐得对准手中的杏猛咬一口，酸得眼睛鼻子皱成一团。于是，花奶奶就扑在膝盖上笑，笑得直不起腰，惊得木槿树上的花蝴蝶，急急忙忙扇动着翅膀溜走了。

有花奶奶为啥没花爷爷？这事儿一直困扰着妞子。

妞子在花奶奶那张雕花大木床上翻跟头，翻累了，就睡。隐隐约约听见有抽泣声，妞子翻个身，嘴里含糊不清地叫了声花奶奶，那抽泣声倏地没了。

太阳透过窗棂柔柔地洒进来，妞子把两个绣花枕头并排摆在床上玩过家家，嫩嫩的手轻轻地拍打着枕头娃娃，拍着拍着，惊讶地说，花奶奶，我的枕头娃娃哭了！那枕头足有半截都是湿的。

清澈的小溪从花奶奶家门前欢快地流过，打村东头洼地那儿敛声屏息汇集成一片宽阔的水面，偶尔会有一两只白色的大鸟单腿立在水中，尖尖的嘴巴不时地从水中寻食小鱼小虾，村里人把这个地方叫作东场。

花奶奶经常带着妞子来到东场，靠着棵老榆树，不笑也不唱曲儿，目光追逐着那些大鸟。妞子拉着花奶奶的胳膊激动不已地问那是啥？花奶奶一手拽着妞子的小辫儿一手刮着妞子的鼻尖儿说它叫"长脖子老等"。等啥？花奶奶的目光就黯淡了，伸手把头上的绒花取下，翻过来倒过去地看，幽幽轻叹一声，半晌才说：绒花红桃花鲜，绒花四季戴发间。桃花杏花年年有，人老不能转少年……花奶奶没说长脖子老等耐心地在水中站立是等鱼吃，爱唱曲儿的花奶奶一脸心事的模样。

一只小母鸡咯咯嗒咯咯嗒从后园溜达着出来了，花奶奶说小母鸡也会唱曲儿，咯咯哒，找婆家。妞子饶舌地问花奶奶的婆家在哪？花奶奶说傻女子，这儿就是我婆家。妞子又想起那个困扰她很久的话题，有花奶奶就一定会有花爷爷，花爷爷在哪？花奶奶不言语了。妞子越发糊涂，坐在人门口那颗核桃树下，双手支着下巴，呆呆地望着不远处那条小溪里一群鸭子在嬉戏，听着崖头上放牛郎嗒嗒咧咧地吆喝声，想啊想啊想得头疼……

六月葡萄一串串的季节，痴迷于文学创作的妞子带着她的《新编童痴一弄》和十二朵红灿灿的绒花回到了离城有八百里的山沟沟里。妞子最大的心愿是把这本新书送给花奶奶。花奶奶的曲儿是妞子人生中最早接触到的启蒙教育和文学样式。

柴门轻掩，院子里荒草有半人深。

妞子赶到东场，水面还是那个水面，却不见了老等的踪影。

花奶奶——妞子对着宽阔的水面大喊。

妞子打开那本书，书里收集了四百多首乡谣。妞子说花奶奶，我给你老人家唱曲儿，你听好了：

绒花红桃花鲜，绒花四季戴发间。桃花杏花年年有，人老不能转少年。

妞子泪流满面。

蓝花花

风刮得邪乎，远处的哭声被风扯得若有若无，夜黑得像扔在墙角里的那只乌盆，桌上的油灯被透过来的尖尖的风吹得东摇西晃，屋里人的脸忽明忽暗分不出个眉目来。

黑子抱着头蹲在炕沿前跟个没嘴葫芦一样不出声。许久，才站了起来。于是，一干人拥着黑子来到上房。

床上躺着的女人叫蓝花花，人消瘦得不成样子，一双失神的眼睛空洞黯然。那曾经是一双多美的眼睛啊，黑子难过地背转身，不忍再看。

蓝花花蒙着花盖头嫁到槐树洼时才十七岁。槐树洼的老老少少惊讶地说从没见过绣花盖头，那盖头一边龙一边凤花团锦簇金灿灿地晃人眼。早先，隔壁二娘嫁过来时很是风光了一阵子，可还是红绸盖头呢，这个蓝花花居然别出心裁亲手绣个龙凤盖头来。

新人拜罢天地入洞房，摘下花盖头的那一瞬间，村里人眼都直了，说这么标致的人儿，像是从画上飘下来的；二娘拍着巴掌说蓝花花那张脸像熟透了的水蜜桃。

蓝花花嫁的这家人在村里算是个殷实人家，有骡子有马，有房有田。女婿是个读书人，平日不怎么沾家，即便是回来了，也和蓝花花说不上三句话，只晓得捧着书依在炕头上看。

人家少年夫妻总会有个打情骂俏的时候吧？可蓝花花嫁的这人好像不会，一天到晚板着脸跟谁欠他几吊钱似的。蓝花花不知道该怎么做才能让那人看她一眼，二娘说自己这张俏脸像水蜜桃，水蜜桃就这么招自家的男人不待见？蓝花花觉得委屈。

婆婆边做饭边对蓝花花说：小两口没事也出去走动走动，去南沟看看你二舅，去后营瞧瞧你大姑，见天憋家里看那闲书有啥用？蓝花花就回到屋中，轻言轻语原封不动地把婆婆的话说给女婿听。那人听了，把书从脸前移开了些，不屑一顾地瞟了瞟蓝花花，说，啥闲书？你不懂。蓝花花不认字，被女婿一番抢白，脸红得真跟个水蜜桃一模一样。

新婚还不到仨月，那人突然不见了。起初，蓝花花以为他忙顾不上回家，可小半年过去了也不见踪影，蓝花花的心提到了嗓子眼儿，背地里老抹眼泪。

这天，暮色重得拎不动，南沟的二舅失急慌忙来了，进门瞅见蓝花花，顾不上招呼就直接拉着姐姐姐夫进屋，关了门说话，好一阵子才出来。蓝花花的婆婆红着眼圈儿说，看闲书看傻了，不要爹不要娘，新娶的花媳妇也扔下不管，说是跟着大胡子司令打鬼子去了，怕家里阻拦，偷偷走的。

蓝花花刚过门儿，今后的日子咋过，那人没交代。蓝花花忍不住哭了，哭得天昏地暗。哭够了，才对二娘说，他心里没我，我不怨，可他是独子，咋着也该给爹妈言一声吧？！

黑子是蓝花花婆家的远房侄子，父母在世时给黑子张罗过一房媳妇，后来人家嫌黑子穷，趁黑子去山里收购粮食时跟个走街串巷的货郎跑了。黑子一人吃饱全家不饥，就没心思再娶了。

蓝花花嫁过来的那天，黑子跑来帮忙，新媳妇敬完酒转身回房，却与黑子撞了个满怀。蓝花花羞得满面通红，慌乱中瞟了瞟眼前人，不看则已，一看大惊失色，这个叫黑子的叔伯兄弟跟新郎官如此相像，只是黑子比自己的男人稍高些。黑子也窘得不行。当晚，黑子躺在自家炕上，脑子里全是新嫂嫂的身影，赶也赶不走。

日子不动声色地过着，公婆相继过世了，偌大的院子空荡荡的，方圆左近的轻薄子弟开始瞄上了蓝花花，深夜轮流在她家窗户底下学鬼叫，扔砖头，吓得她整宿整宿不敢睡觉，流着泪拥着被子坐到天明。

黑子总是默默地帮蓝花花，夏收夏种秋收秋忙，时不时搭把手。西坡顶那块地该翻了，蓝花花的娘家兄弟来帮忙，五更天，蓝花花和兄弟踏着露水来到地边，却见地被挖了一大半了，黑子光着脊背，把钢锹深深地蹬下去，一使劲，一大块油乎乎的土像盛开的花翻了上来。看见蓝花花，黑子只会嘿嘿傻笑。

隔壁的二娘时常相劝，说有个男人帮衬着，也不枉来这世上一遭。蓝花花也晓得黑子的心事，可她面对黑子时，却总说自己的男人没准儿哪天会突然推门进家，一偏身坐炕上斜倚着看闲书呢。

一天晌午，黑子来蓝花花家还牲口，把缰绳放在蓝花花手里时，黑子突然说，花花嫂，你怎么生出白发来了？蓝花花下意识地用手捂住头，说黑子兄弟，腊月十七我就满四十了。四十岁的女人豆腐渣，白头发还能少呀？说完珠泪涟涟，怕黑子笑话，赶紧把脸埋在手掌心里，瘦削的肩膀抖得像秋风中的叶子。

就是这个让黑子一辈子心疼的女人，如今三魂六魄即将远去。黑子伸出手，撩起了遮在蓝花花眼角边的一缕头发：花花嫂，你还在等？等那个让你守一辈子活寡的负心人？

蓝花花凝神注视着黑子，泪水从眼角滑下，她使出全身力气指向炕头的黑漆描金花木箱。黑子迟疑着将箱子打开，一眼看见的是龙凤花盖头，鼓鼓囊囊的，不知包的啥。解开来看，是一双又一双崭新的黑布鞋，每双鞋子的右脚要比左脚宽出一分来。黑子右脚是个六指，这些鞋他穿起来正合脚。

黑子心里明白了，他把龙凤花盖头轻轻地放在了蓝花花散乱的青丝边，抱起那些鞋子，泣不成声。

蓝花花将花盖头紧紧地抓在了手中，原本空洞无神的眼睛里倏地闪过一道光芒……

花田错

琥珀色的月升起时，赵家洼正在唱大戏。村东的戏台子被人群围个严实，两盏汽灯咝咝作响，《花田错》唱到了当紧处。

赵家洼的人不喜欢悲情剧，说悲悲切切让人不痛快。《花田错》是出耍戏，耍戏就是喜剧，轻轻松松就耍出了许多笑声快意。

岫儿喜欢看戏，尤其喜欢看《花田错》。外村演戏，只要是《花田错》，十里八里也要赶去。明眼人都看得出来，岫儿是喜欢上了扮演卞公子的初中同学柱子。

一出戏看多了，戏文也记在心里了。河边洗衣时，岫儿见四下无人，就学着《花田错》里的刘玉燕，含情脉脉地望着卞玑卞公子，羞羞接过素柄团扇的模样，唱道：好女贞节须当守，瓜田李下莫勾留。与夜莺子一般脆的声音越过小河，顺着无际的棉花田欢快地飘向远方。

岫儿住在王河村，离赵家洼不远，翻过两道梁就是，岫儿跟个疯子爹相依为命。

岫儿爹生在大户人家，自小虽说不上锦衣玉食，却也是个衣来伸手饭来张口备受呵护的少爷，十四岁就被张罗着娶了个大他三岁的媳妇。"女大三，抱金砖"，岫儿爹金砖没抱上，厄运接踵而来：土改时被划成地主成分，镇压他爹赵大能时逼他跪在刑场上看，枪一响，岫儿她爹就疯了。不是大疯，见人目光躲闪，嘴里不停地念叨：我不是坏人，我真不是坏人……岫儿出生没几天，娘得了产后风撒手人寰。

也不晓得岫儿跟着个疯子爹是怎么长大的。生活再艰难，可在岫儿身上一点也看不出来，她就像随手洒在石头缝里的草籽，一场春雨过后，无论背负有多重，也拼命挤出绿油油的嫩身子随山风摇曳。水葱样的岫儿招人喜欢，十六岁就由同族大伯做主定了亲，婆家就在赵家洼，未婚夫工作在大西北。

人长得俊也招人妒，吃干醋的是柱子舅家的闺女。黄毛丫头梳俩弯弯曲曲细细的发辫，一见岫儿那条油光水滑的大辫子心里就泛酸。岫儿花红叶鲜地从她面前过，小丫头带群光屁股孩子在后面喊：疯子疯，瞎打灯，岫儿她爹掉水坑。

岫儿的爹是疯子，疯子爹从不吵闹，只是见天不停地念叨着自己不是坏人。岫儿爹真的不是坏人。他识文断字，斯斯文文。在岫儿眼中，爹没大病，对岫儿也好。爹清楚时会拦住走村串乡的货郎买上个红发卡笨手笨脚地给岫儿戴在头上，会摸着岫儿黑漆漆的头发笑着笑着无来由地掉下一连串儿眼泪。

岫儿怕别人说爹是疯子，其实也不是怕，是心疼。岫儿捂着脸，哭得像泪人儿。柱子为她打抱不平，把表妹和那群孩子撵得兔毛乱飞。

五月端午，没过门的媳妇儿去婆家走动。岫儿进了门，婆婆喜眉笑眼儿地招呼着，岫儿红着脸，一抬头却见柱子站在当院的苦楝树下。原来，柱子是未婚夫同住一个院儿的亲叔伯兄弟。于是，俩人就在树下拉话，直把太阳聊得疲惫不堪地躲下了山头。

岫儿和柱子的事儿事先没一点儿风吹草动。岫儿的小姨住城里，小姨挂念着岫儿，时时断不了接济照应。小姨眼毒，见岫儿腰有些硬，就问她身上还来不？岫儿头一低说来着，小姨心里疑惑可没再说啥。

说话间，田里的棉桃绽放出一朵朵白盈盈的花。这天傍晚，岫儿跑到大伯家，开门见山，说要和那家人退亲。大伯一惊，手里的烟袋险些掉地上。岫儿说，和那家订婚是个错，就像《花田错》里表的一样，我相中的是卞玑，却来个周通。大伯说岫儿，咱家成分高，别攀了。岫儿说，戏里的刘员外还让他闺女在花田盛会上自己挑女婿，你凭啥给我包办婚姻？

城里的小姨也劝，劝不下。大伯气急，动手打了岫儿。当晚，岫儿生了个不足月的孩子，落地就没了声息。那家人脸上挂不住，非问是谁的，岫儿死不开口。小姨说：好女贞节须当守，瓜田李下莫勾留。《花田错》里有没这话？岫儿扑在小姨怀里，大发悲声。

赵家洼那家人坚决不要岫儿了，退了婚，又跑到王河村吆喝着骂岫儿。

柱子闻讯儿疯了似的跑来，从屋里拉出满面泪痕的岫儿，当着全村人大声说岫儿是他没过门的媳妇，十天之内前来迎娶新人。

柱子迎亲那天，高头大马十字披红，叫来一班鼓乐唢呐，吹的是百鸟朝凤，跟襄阳才子卞玑状元及第迎娶刘玉燕一样热闹。疯子爹给岫儿做不了主，大伯和小姨嫌丢人不送亲，岫儿把黑油油的发辫盘成个凤凰髻，斜斜地插支梅花簪，将换洗衣裳包个小包袱一步三回头跟柱子走了。

翻过两道梁来到赵家洼，还是熟悉的那个门，喜联儿却被人撕碎扔了一地，新房门上挂了一串儿又脏又破的鞋子。

岫儿伸手拦住了脸红脖子粗的柱子，快步上前把那串儿破鞋摘了下来，也没言语，把鞋子对脸儿一拍，整整齐齐地码在房檐下，从衣袋里取出块儿红手绢擦擦手上的灰，挽起柱子并肩入了新房。

琥珀色的月又升起，透过苦楝树的枝叶温温柔柔细细碎碎洒下一地琥珀色的光。没人闹的洞房传出的却是《花田错》里咿咿呀呀的唱段，缠缠绵绵，不绝于耳……

两双花绣鞋

　　相思古镇上的花戏楼对过儿是九婆家，白墙黛瓦格外招人眼。精女工善刺绣的九婆名声更大，方圆左近都叫得响。

　　古镇上有点年纪的人，提起九婆嫁到这儿的那天，仍一惊一乍地发感慨，仿佛岁月没有走远。说书人张天辈捋着山羊胡，话说的更像鼓书词儿：你们不晓得儿婆穿的嫁衣有多好，红绣衫拓金边又把云子扣，缠缠绕绕的万字不到头。八幅罗裙掐百褶本是云霞皱，还绣个狮子解带滚绣球……那红嫁衣一针一线可都是九婆自个儿绣的。

　　九婆没被人叫成九婆时就是远近闻名的绣娘了。刺绣针法繁杂纷多，她看一眼就会。更绝的是九婆不用央请画师描枝画叶，也从不用剪纸打样，那些寒梅幽兰修竹秋菊锦鲤彩蝶蜜蜂飞鸟犹如镌刻在心，合计好了直接飞针走线就是。绣出的喜帐门帘荷包香囊，抹胸围涎云肩罗裙，龙是龙凤是凤，花是花朵是朵，无论缠绕团花还是折枝牡丹，无一不精。

　　女红刺绣精到的九婆有个心愿，生一群花一样美的女儿，把她们一个个调教成身怀绝技的绣娘。可想归想盼归盼，九婆自打养个弱弱的儿子后肚皮就再也没了动静。于是，九婆日夜盘算着将来有个细眉细眼十指尖尖的巧媳妇儿进门儿。

　　事情偏不按心中想，一塘红荷摇摇曳曳招蜂引蝶时，九婆那长得文弱的儿子，欢天喜地娶回个浓眉大眼粗手大脚的花媳妇。

九婆一百个不乐意，一看见儿媳妇那小擀杖似的手指心里就添堵，偏偏儿媳还叫巧儿。巧儿缺精细不缺力气，挑着满满一担水"腾腾腾"迈着大步进院，脸不红气不喘，腰一拧把一桶水倒进缸里了。这边空桶刚放下，换只手就把另一桶水轻轻巧巧地抓住了。九婆绣着花不满地扫一眼巧儿，她嫌儿媳妇双腿叉得太开，跟镇子上那些粗鲁男人没两样。

黎明即起，洒扫庭除。巧儿自小背过《朱子家训》，嫁过来后不敢偷懒，无论酷夏还是寒冬，早早起身，打扫院落。古镇上的人见了九婆，羡慕地说你家巧儿真勤快，一刻也不闲着，天不明就起来扫院子。九婆心里很受用，嘴上却说：她那叫扫地？东一下西一下跟猫盖屎一样。

一日三餐后，巧儿高高地挽起衣袖，把碗筷收拾得叮当作响，洗净的碗碟摞起时从不按大小顺序，总把小碗放底下大碗搁顶上。九婆看到那一摞碗颤颤巍巍摇摇欲坠，就会惊得半张着嘴把手压在胸口上好一会儿缓不过劲儿。说了多少回，巧儿改不了。

九婆拉着巧儿在上房屋檐下坐定，拿一缕花丝线，小指一挑，分成许多股，取出绣花针，咬下线头，手一捻，对准针眼儿就纫上了，九婆说这是个最简单的活儿；可最简单的活儿巧儿也做不来，捏根绣花针像杵张大铁锨，九婆灰了心。

巧儿做不来精细活儿，洗洗涮涮还有田里的粗笨活儿却难不倒她，九婆心里对巧儿说不上喜欢还是讨厌。儿子在城里做工，半月四十难得回来一趟。幽静的小院里有了风风火火干活麻利的巧儿倒也显得生机盎然，日子过得就像九婆手中的绣品，花也颤枝也摇。

细心的九婆发现巧儿跟过去不一样，先是挑不动水，清晨扫院时有气无力，洗碗时没大动静了，脸儿黄黄的，日渐消瘦。儿子闻讯赶回，心急火燎地带着巧儿进城瞧病去了。

小院儿一下子显得空寂清冷，九婆盘腿坐在炕上，从木格窗棂里看早起的阳光一寸一寸滑过青瓦房檐跌落在窗台上。九婆拿起绣花绷子却忘了该绣些什么,一不小心还扎破了手,起身吮吸着手指,心神不宁地斜倚着黑漆门朝东边瞧了又瞧。蜿蜿蜒蜒的路旁绿竹依依,那日,儿子和巧儿就是沿着这条青石小道进的城……

巧儿托人捎信儿回来,说真想跟娘学绣花,再难也不怕。学会了先给娘做双花绣鞋,让娘一辈子都能记住巧儿。九婆的头发一夜之间白了许多,她抖着手从炕头的朱红描金箱子底取出一卷水红布料,颠倒过来颠倒过去端详半天,小心翼翼裁剪出两双鞋样来,金丝线银丝线五彩丝线摆满一炕桌。

九婆仿佛要将八八六十四种刺绣针法尽数展示,齐针儿撒针儿戗针儿滚针儿套针儿,每种针法都非要绣出个不凡来。那滚针儿绣得不露针眼,密密实实针针相扣;平针儿竖平横平斜平,针脚均匀疏密有致;抽丝雕绣,挑花打子一点都不含糊。清晨绣到天黑黑,晚上绣到夜深沉,九婆一门心思全在手中的绣活儿上……

九婆把两双绣鞋端端正正并排放在炕头上,望着西沉的月儿,长长地出了口气。

恍惚中,九婆来到一处从未到过的地方,四周全是竹林,密密匝匝像座城堡。有株梅树,半边裹雪半边墨黑,一群从未见过的人正从树下经过。九婆的目光追逐着一双花绣鞋,那红鞋满帮锦绣,长枝梅花新蕊初绽,如意云纹飘浮不定,鞋尖处莲盖翠绿荷花亭亭,蜻蜓穿梭粉蝶双飞,居然和九婆脚上的花绣鞋一模一样。巧儿?你是我的巧儿!九婆又惊又喜,紧追过去……

被自己的声音惊醒的九婆把两双花绣鞋紧紧地抱在怀中,老泪纵横。

花媳妇改改

榆树洼姜寡妇家的独子天娃要个儿没个儿要样儿没样儿，可娶回个白白嫩嫩的花媳妇改改来。

这改改个儿适中，圆脸儿上有几颗白麻子。眼怪大，就是看人有点死眼没啥灵气。

早先，改改娘家有钱，从小衣来伸手饭来张口，虽说以后家道破败，可改改的小姐脾气一点儿没变，夏天穿得像个绸子棍儿，手里拿把圆蒲草扇儿，出门儿时那把扇子遮在脸前头，进门儿扑扇扑扇个不歇气儿，绸子布衫儿随着扇子造的风哆嗦个没完没了。

人家都说脱了毛的凤凰不如鸡，要不是改改娘家土改那会儿被划成地主，改改能嫁天娃？做梦吃星星去吧！天娃自知不如人，只该处处让着她，改改指东天娃死活不敢往西。

进门仨月，改改身子不适，一口接一口地吐，别人说天娃家的怕是有喜了。果然，改改想吃酸的，刚开始趴在酸菜缸沿儿上一勺一勺喝里面的浆水，接着咯咯吱吱地吃酸菜像个永远不知饥饱的母老鼠，后来还嫌不过瘾干脆搬个马扎儿坐在家酿的醋缸边儿大碗大碗地喝醋。满满一大缸柿子醋，日子不长就见了底儿。

有点儿罗圈腿的婆子高兴坏了，逢人就说俺改改想吃酸的，酸儿辣女哩。改改的孩子还没生，婆婆就慌着给取了个小子名儿叫柱儿。天娃他爹死得早，单门独户的不易。花媳妇改改的肚子争气，添丁进口也有了顶梁柱不是？！

认定是个小子后，改改的脾气越发大了，整日横草不拿竖草不摸，盘脚搭手坐在炕上像尊菩萨，一会儿不见天娃围着自己转，就骂他又死哪去啦？只差没让天娃在她面前放个香炉一日三跪九拜了，把个天娃恨得背地里咬牙切齿嘟囔着：地主家的闺女能啥能？可一照面脸上又全是笑，不时殷勤地说：改你想吃啥我给咱做去。天娃妈捶胸跺足地说：人家都是娶媳妇，我家是娶个奶奶敬着啊。

改改不仅脾气大不说还笑话人。婆子的罗圈腿一辈子不直也没人笑话，可到改改嘴里就死不中听。门前有棵柳树，改改身子笨了，出来进去不小心挂住了头发，随口老是这么一句：死树长得曲里拐弯儿像你妈的腿。对天娃呢，改改那破嘴跟滑丝了一样，说天娃恨天高矬子个儿滚地雷老倭瓜，经常翻新都不带重样。

笑话就笑话吧，反正罗圈腿婆子和老倭瓜天娃也习惯了，可西院叔伯大嫂抱着黑胖小子来串门儿，那改改仍然口无遮拦，说人家黑不溜秋地爬到煤堆上都看不见，想找得拿根棍儿捣捣，哪块儿软乎了就是你家娃。气得大嫂把孩子往胳膊下一夹扭头就走，从此再不登门儿。东头兰草儿家有个丫头，模样秀气，就一样毛病好流鼻涕。改改说闺女真是妈的小棉袄啊，知道你妈好吃，整天给你妈漏粉条，出门儿到婆家也接着漏啊。兰草儿窘得满脸通红，抱着孩子呆呆站着，光见嘴动不听有声，不用说也断了来往。

十月怀胎一朝分娩，改改折腾了俩时辰生下个男娃，净重八斤四两。接生婆撩开门帘探头一报信儿，罗圈腿婆婆激动得双手合十在院子里捣着双小脚直转圈儿。天娃也兴奋得不住气儿地说：乖乖，厉害厉害厉害！改改在炕上刚缓过劲儿，就喊天娃：啥乖乖厉害？是俺改改厉害！快打鸡蛋荷包，你祖宗我先吃十个。婆子说天娃还不赶紧，这会儿改改就是祖宗，赶紧给祖宗打荷包蛋去！

天娃全家真像伺候祖宗似的照顾着月子婆娘改改。那个叫柱儿的白胖小子吃了睡睡了吃，不睁眼也不闹。婆婆疑疑惑惑地说：这娃怕是有啥毛病？改改嘴一撇，送婆子一对儿大白眼珠子，说：别家的孩子哭哭哭，像个讨债鬼；看我柱儿多乖，一点点儿大就知道心疼娘。

满月那天待客，改改娘家人和街坊四邻带着花布头喜面红鸡蛋挤满一院子，那柱儿的眼终于睁开了，看上去却像蒙上一层白白的薄雾，用手在眼前挥挥，也不知道眨眼；更要命的是这孩子喜怒哀乐全不会，改改蒙了，哇一声哭着说：天娃，咱这柱儿是个憨憨？

花媳妇改改脾气大个性强，却生了个白白胖胖的憨憨娃。平时对改改言听计从说撵狗从不赶鸡的天娃扔下她娘儿俩不管，一拍屁股去董村下煤窑了。罗圈腿婆子气得心口儿疼，想起改改平时老笑话自己的腿不直，气就不打一处来，免不了摔锅打盆指桑骂槐，出门倒像个祥林嫂，见人就哭哭啼啼地说：可怜我家柱儿咋是个憨憨娃？都怨天娃家的口太满，笑话人不如人，前世造的孽呀。

改改一气之下奶也回了，整日愁眉不展以泪洗面，死的心都有了。倒是西院的大嫂，东头的兰草儿不计前嫌，经常找上门儿喂憨憨柱儿吃奶，陪改改哭天抹泪儿再说些宽心话，打发着比树叶还稠的日子……

凤凰山人家

　　王梁村北靠凤凰山，南临桃花溪。村子不大，二三十户人家，像一把花生随手撒在地上。沿碎石小径斜上去，是一片竹林，隐着处院落，门前站着棵一抱粗的老柿树，枝叶繁茂，把两间青砖瓦房遮得严严实实。当成群的蜂蝶围着淡黄色的柿了花喧闹时，他把她娶回了家。

　　来年秋天，老柿树挂起红灯笼，女人开怀生养了对儿龙凤胎。从此，男人叫她黑女她妈，女人唤他银锁他爹。

　　男人在山南山北都是个人物，读过几年私塾懂得"子曰"，见天反剪着双手，威严地进进出出；一副金边儿石头镜整日架在鼻子尖儿上，仿佛咳嗽一声就会掉下来；闲时捧着本蓝布封皮儿、纸色发黄的旧书，一看就是半天，油瓶倒了也不扶。

　　王梁村识文断字的人少，年三十儿家家贴对联儿，男人就大显身手，家里人来人往赶集似的，老听见女人的吆喝声：黑女，给你爹沏壶软枣叶儿茶；银锁快帮你爹裁纸！名叫黑女银锁的双生娃噘着嘴被指使得小颠脚儿团团转。男人的白净脸儿激动得泛起两朵红晕，把衣袖挽的老高，闭目运气蓦一睁眼精光四射下笔如行云流水。

　　男人写对联的时候，女人就站他跟前儿，戴铜顶针的手里抓个家织的老蓝布围裙，一会儿殷勤地给他弹弹身上的灰，一会儿又细心地给他抻抻衣襟，还歪着头柔声问：他爹，想吃点儿啥，我给咱做！

男人嘴刁，有白菜不吃萝卜，有肉不吃豆腐，女人就变着法儿给他做。平时全家喝红薯叶糊涂面条，给他另做的是兑碗儿面。一小罐儿香油宝贝似的藏在炕头那只描着富贵牡丹花的陪嫁箱里。面条一起锅，女人就摸索着把油罐儿抱出来，拿筷头儿往里蘸一下，在兑碗儿面里麻利地搅动，说是点滴香。鸡子下的蛋，除了他谁都别想尝个蛋花儿。后院有棵花椒树，傍晚时分，女人哼着眉户戏来到树前，掐一把花椒嫩叶，洗净晾透，和面擀饼抹油，把切碎的花椒叶细细撒开，单给男人烙张千层油馍。女人说了：他爹是识字儿人是一家之主是顶梁柱就得好吃好喝尽着来。

女人也不简单，能做一手精巧女红。村里人至今记着她过门那天穿的水红色绣花鞋，说是跟戏文里唱的一模模样：罗裙下把那红鞋儿露，满帮是花，金丝线锁口，五色的丝绒绳又把底儿收，真个是巧手难描，画又画不就……惹得四邻八村爱美的闺女媳妇争相来瞧。

女人很能干，养了三头猪、一头牛和一群鸡子，房前还种了两畦儿菜，一天到晚吃的涮的，忙完人的再忙哑巴畜生的，没拾闲儿的时候。东院的婶子西院的弟媳都一脸羡慕，说：黑女她妈，你是种啥啥行养啥啥成啊！

女人模样齐正耐端详，一双眼睛清澈得像桃花溪里的水，门牙缺个豁儿，爱用手背堵着嘴笑。每天，女人忙完后，总会搬个小板凳挨在男人跟前儿，一边飞针走线扎花绣朵，一边听他讲古道今论文话武。男人像个旧时说书人，总是这样开头：三侠五义七侠剑，小寡妇上坟秋海棠。接下来，不是"设阴谋临产换太子，奋侠义替死救皇娘"，就是"金龙寺英雄初救难，隐逸村狐狸三报恩"，直把女人听得不是针扎了手，就是布剪豁了口。

庄户人家的日子就这样过着说着，说着过着，水一样滑过。

转眼就是端午节，嫁到山南的小姑子要回娘家来。女人大清早就忙着杀鸡炖肉，炸糖糕蒸花馍包粽子，忙得头不是头脚不是脚。看着又在翻旧书的男人，忍不住隔着窗棂扯着长长的嗓子喊：银锁他爹，给咱挑担水去。男人把书往胳肢窝底下一夹，挑着桶就出去了。不大会儿，男人就急赤白脸扎叉着两只手，连声叫着黑女她妈黑女她妈进来了。

女人急急地问：咋啦咋啦？男人斯斯文文地回：井掉桶里了。女人一愣，随即手拍着大腿说：老天爷呀，桶掉井里了吧？掂着把竹笊篱就跑出去了。

男人照样坐下看他的书。

哥，哥！隔壁的叔伯兄弟大呼小叫着跑进来：我嫂子捞桶时掉井里了！男人"呼"地站起身，手中书扔得老远，煞白着脸，旋风似地扑到井台边，看也不看就往井里跳。

柿子花又把桃花溪畔的王梁村熏醉了。夜，静得像一池春水，银色的月光穿过老柿树的缝隙泼洒下来，屋子里明晃晃的。男人抱着女人，说黑女她妈，以后可不敢再诳我了。女人没话，只把身子使劲地往男人那边挪了一下，又挪了一下……

老 屋

妈说，要不咱把老家的房子卖了吧?

我吃了一惊，那老屋怎么能卖掉?!

老家没人了，屋子怕空，没人气托着，损坏的快呢。

二弟也说，乡下的老宅，留着也升不了值。

妈看我不作声，说，要不你回去看看，多年没回了。

于是，我踏上了回乡的路程。

曾经不止一次地问自己，老屋是什么?

在我心里，老屋是故事。走进老屋，就走进了我的童年，走进了故乡亲人们的故事里。

小时候遇假期，我总会被送回老家。逢回家时，奶奶就会特别嘱咐我妈：带些城里的土回来好洒在水缸里。她担心我不服水土。

我喜欢老家，回到老家我就彻底解放了。在我妈面前，这不许做那不准摸。妈说女孩要有女孩的样，坐有坐姿，走有走样。回到老家，奶奶从来不限制我。奶奶说了，妞子还小，让她耍个够，妞子长大就知道该干啥了。

奶奶知道我要回去的信儿，几乎每天都会在村口老榆树下等我。奶奶见到我的第一件事就是问我带城里的土没。

我就从书包里拿出个大纸袋，那里面是妈从院子里起出的黄土。

奶奶小心翼翼地接过，打开，缓缓地倒进水缸里，说，这就好了，妞子不会闹肚子，不会身上起疙瘩了。

奶奶的担心不无道理。老家在豫西丘陵地区，水土硬，每次回家，若是忘记带土，身上总会留些伤疤。带着记号回城了，我妈就摸着那些疤心疼地说下次不准回了。说归说，回归回，城里的土却是无论如何不敢忘记带的，出的那些点点痘痘溃烂之后，很痛很痛。

再痛也没疯玩着开心。脱离管教的口子太惬意了，我可以跟二叔家的女儿去河边挖一种叫水红花的野菜；可以在她小小的闺房里地弹凤凰琴；可以光脚爬树用面筋粘知了；可以在山坡上捋黄蒿，两手青绿色，满身裹着野草香，二叔家女儿说这样不招蚊虫叮咬。

爷爷奶奶住的屋子叫上房，两边各一溜儿厢房，里面住的是我的几个叔叔。

我随奶奶住，晚上睡她脚头儿。那是张大土炕，任你怎么翻也不会掉下来。炕上有长长的粗蓝布枕头，两边有花，绣的是梅兰竹菊四君子。紧挨炕的那面墙有布帷，很艳的花，山里人家常用来做被面的那种。

奶奶喜欢那些艳丽夺目的花，晚上睡觉时，摸着那床帏说你瞧瞧，这花啥时都是新崭崭的，给我妞子做件大花袄吧？奶奶的手很粗糙，抚摩床帏时，发出沙沙的响声。

山村的夜晚静寂异常，墙根底下有永远不知疲倦的虫儿在吟唱。这样的夜无事可做，我就着盏煤油灯看连环画。奶奶嫌费油，说睡吧，明儿出太阳再看啊。听着是商量，奶奶的语气却是不容置疑的。心有不舍地收起书，伴着奶奶的咳嗽声想着画册中的故事进入梦乡。梦里的我果然穿上了大花袄，头上插满野雏菊，四处臭显摆。

院里有棵黑槐树，奶奶叫它真槐，稍迟于洋槐的花季，会结槐豆。熬稀饭时，把那叶子捋一把洗净放锅里煮，那粥黄绿色极诱人。黑槐树上总有鸟儿栖息，听得见斑鸠的咕咕声……

两个叔叔在煤矿上班，不常见。婶婶们家里地里都是把好手。院子里辟出一块儿菜地，顶着黄花的南瓜和深绿色着一层白扑的藤还有打着卷儿的秧须爬满了墙头，招蜂惹蝶。婶婶们会绣花，粗粗的手捏着绣花针一点不笨拙，飞针走线的同时嘴也不闲。谁家闺女出嫁，哪家孩子吃面，东家长西家短的，话题丰富得跟手中的绣线一样五彩缤纷。

小叔叔会唱歌，他若是不出去放牛，就在院子扯着嗓子唱：花篮的花儿香，听我来唱一唱……我总纳闷儿，什么花儿能尝一尝啊？寻思着一定要把这能吃的花找来，亲口尝一尝，这个想法困扰了我好久好久。

后来叔叔们有了自己的宅院，相继搬出，老院里就冷清多了；可奶奶有纺不完的棉花，织不完的布，纳不完的鞋底儿，唠叨不完的家长里短；有些驼背的爷爷总是旱烟不离手，鼻子里老有浓浓的烟喷出，即便是不抽了，也非要叼着个空烟袋。奶奶说：你个老东西，烟袋焊你嘴里了不是？

如今爷爷奶奶都走了，老院老屋还好吧？

我赶到老家时已现暮色，村口老榆树下再也没有奶奶那羸弱张望的身影。

老槐树枯了半边，另一半却抽出新枝，依然枝繁叶茂。老屋历经风雨，已经破旧。可是它矗立在那儿，就像饱经风霜的老人在等待远出归来的孩子，一种柔情悄然地爬上心头。

小叔叔听说我回来了，抱着个粗陶罐就来了，说妞子回来也不提前打个招呼啊。这罐里是你每次回来带的土，你奶奶悄悄攒着。她走的时候告诉我要存好，说妞子哪天要是回来忘了带土就派上用场了。

我的泪瞬间涌出。

我在黑槐树下抓起了一把土，仔细包好，我带着对老屋的不了情结，要把黄土撒在我家阳台上那株绿萝的根部。

我给妈电话，妈，老屋还好。只是，我想奶奶了，很想……

那边，我妈半天不作声，末了，说，妞子，老屋留着吧。

阿　绫

　　古镇够古，像一艘苔藓斑驳、油漆剥落的大木船。青石小巷蜿蜒曲折，故事都藏在巷子的最深处。

　　镇上有个卖熟肉的女人叫阿绫。

　　阿绫长得俏，高挑个儿，水蛇腰，丰乳肥臀，走路时腰扭得急，臀摆得欢，高耸的胸像揣了两只活蹦乱跳的兔儿。那年月的女人们谁不是穿件紧身衣把胸束得像板儿？可阿绫不管，由着自己的性子来，那胸高高的，张扬得像山丘。

　　镇上的男人们个个都想着阿绫。阿绫前脚走，后面男人们张着嘴，木着脸，大眼珠子掉一地，话也说不利落了：这阿绫，这阿绫，这个阿绫啊……

　　镇上的女人们眼瞅男人的这副德行，心里酸得像打死了山西的醋客，抢了人家的醋坛子喝得倒了牙，吸着凉气恨声骂道：你看你看，那骚货，一走三道弯儿，浪得不是她了。她要不勾引男人，俺一头碰死。呸！

　　阿绫不小了，也不谈婚论嫁。有人说，阿绫的心上人在南边儿，眼下，那儿正硝烟四起。

　　熟肉店开在古镇破旧的火车站旁。阿绫在班儿上时白衣白帽，全身上下无丁点儿油污，一缕微微蜷曲的头发随意搭在眉旁，胸前的扣子虽系得严实却被饱盈的胸撑得几欲胀破。

来买肉的几乎全是男人。阿绫双手搭在胸前，从眼角的余光里随男人们的手指来来回回瞟着要这还是要那。末了，上秤算账收钱找零，不说半句诳话；倒是那些个不安分的男人们没话找话，磨磨叽叽不走，眼光机关枪似地在阿绫的胸脯上瞄来扫去，火舌般地舔着不放。阿绫脸一沉，摔秤盘扔切刀造出些大动静，男人们再不舍也只得讪着脸儿灰灰地走了。

阿绫不理男人们的轻薄浪语，不睬女人们妒火中烧刀子似的目光，空闲时分，倚着店门，两手背在身后，一只脚蹬在门槛上，安静得如一泓春水，仰脸眯眼面向南方，好看的身子凹凸有致，丰满的胸微微起伏，一副心神放飞的模样。

阿绫压根儿也不晓得自己这个表情和姿态惹火了多少男人和女人。镇上的男人们见不得阿绫这样，太撩人，太让人心疼，暗地里老拿阿绫与自己家的女人比较，越比越觉得这辈子白活了。阿绫，你害了小镇上多少无聊男人呀。

女人们当然更见不得阿绫这副模样了。早年守寡的阿九婆用干瘦干瘦的手边拣豆子边撇着缺齿的瘪嘴表情复杂地打量着阿绫，说不清楚是厌恶还是妒忌；胖得没腰没胯的桔子嫂解下蓝花布围裙，跟见了仇人似地连连在自己身上摔打着，脚底下还忙中偷闲顺便踢飞了一只无辜的摇摇摆摆忙着赶路的鸭……

生得好不是阿绫的错，但阿绫错就错在她不该好看得那么张扬。你将自己的蛇腰丰乳夸张到极致，还让不让其他女人活了？

桔子嫂家的男人就是那些无聊男人中的一个。这不，桔子嫂一眼没看住，她家男人就像一尾鱼"哧溜"一声滑到阿绫跟前儿了，涎着脸问：阿绫，你的肉卖不卖？阿绫不搭话，转身进店，端出一盆水，想也不想就泼出去了，桔子嫂家男人立刻矮了半截儿成了落汤鸡。

桔子嫂惊呼一声，那张胖脸顿时气得成了阿绫店里的熟肉颜色，使出个九阴白骨爪冲阿绫那张俏脸抓来，阿绫却处乱不惊，不躲不闪。这时，桔子嫂家那刚刚倍受打击的男人陡然威风八面湿淋淋地展开身形，极快地护在阿绫身前，死命抱住没腰没胯的桔子嫂，大声嚷着：你敢动阿绫一下我朝死里收拾你！桔子嫂气疯了，披头散发一屁股坐在地上大放悲声。阿绫默默走过来，说：桔子嫂，地下凉，回吧……

阿花婆说，找个人家让阿绫快点嫁，也许就安生了。正巧镇长大人家老婆撒手西去，镇长放出话来，说这镇子上除了阿绫他谁都不要。阿花婆和镇长曲里拐弯沾点儿八竿子也打不着的小亲戚，责无旁贷地做起了媒腿子。

任凭阿花婆巧舌如簧，阿绫嘴里的话珍贵得跟莲花似的就不吐出来，末了一句你老人家请回吧，就把阿花婆打发了。

镇长恼了，你你你，你阿绫也太那个了吧？于是，傍晚时分，就闯进了阿绫的熟肉店。

以后发生些什么不得而知，只见次日阿绫的熟肉店早早就开了门，阿绫依然像只白蝶，不忙的时候，还是有姿有态地倚门站立，仰脸眯眼凝望南方，与以往不同的是，那视线突然就如同放飞的纸鸢，一下子变得悠长悠长的……

镇长脸上有伤，三四道，桃花般红彻，像是抓痕。

忽有一天，镇子上几乎所有的人都把眼睛瞪得溜圆，只见阿绫推着个轮椅从小巷深处走来，轮椅上端坐个很英俊的男人，剑眉入鬓，英姿勃发，穿着崭新的军装，只是两条裤管打膝盖那儿起底下空空的，一阵微风袭来，飘啊飘地像片绿色的云。虽说阿绫推着轮椅走路，可那腰扭得越急，臀就摆得更欢，满面春风如桃花初绽。

闺中蜜友

　　我那几个闺蜜，如今都聚集在同一个城市里，三天两头的，自然少不了小聚。见了面，打打闹闹，仿佛回到童年，彻底的放松。

　　慧子有点小资，爱玩儿个情调；玉姐喜欢在河边垂柳下寻寻觅觅，据说她那个英俊潇洒的丈夫当年老在柳树下与她幽会；还有个阿萍是霸王花，铿锵玫瑰似的，动不动就拉着她的警察男友，也不管我们愿不愿意，一身警服，把我们全塞进警车，一路呼啸着就给整到靶场上了，乒乒乓乓一阵胡射，不管中不中靶，她都大声叫好。慧子说，一枪都没中，好什么呀？阿萍伸出大拇指，你射击的姿态好呗。

　　几个姐妹性格迥异，却能求同存异，生活有滋有味丰富多彩。

　　周末，我们会随着慧子到一家古香古色的茶馆喝个下午茶，或者到咖啡屋品个碳烧、蓝山，红烛摇曳，添一抹醉心的柔情，制造一种超然的浪漫；会随着玉姐来到洛神公园，顺着清澈的河水，十里一长亭五里一短亭地随意走走，拂一拂柳树柔韧的枝条，触一触龟纹般如神秘文字的树身，赏赏花，看看水边的钓鱼人，任凭思绪飞扬；会随着阿萍到靶场上过个瘾，即便是全部脱靶一环未中照样英姿勃勃感觉良好。

　　细想起来，我几乎没有什么特殊的嗜好，她们喜欢的我都喜欢，她们不喜欢的我也会兴致勃发地诱惑着她们喜欢。譬如，会在一个诗意冉冉的月夜，半拉半扯邀上她们几个来到街心花园，踏一地清辉，披满身月光，静观夜色玫瑰，想象着"隔墙花影动，疑是玉人来"的张生和崔莺莺二人的传奇故事。投入时，心下还不住的埋怨王实甫王西厢，难道功名就那么重要？生生拆散一对儿有情人，可惜一曲凤求凰从古唱到今还不能皆大欢喜。再譬如，我会在一个料峭的冬日，最好是在落雪的清晨，系条像旗帜更像火苗子的长长的羊绒围脖，着一件浸透着他柔情蜜意的爱心牌獭兔黑衣，当然，少不了她们几个，叽叽喳喳花喜鹊似的踏雪寻梅，有可能会附庸风雅念着"小树梅花彻夜开，侵晨雪片趁花回。即非雪片催梅花，却是梅花唤雪来"的诗句，至于是谁的诗，早已不重要了，难得的是沉浸在唐风的境致中，拥有一份宋月般的情怀。

在我的感觉中，夏雨也动人，往往醉心于东边日出西边雨，十里不同天。这不，今儿就天遂人愿，又有了机会和心情。

前些日子，偶尔发现了一个湖心小岛，绿树成荫，有不知名的小花点缀着厚厚的草坪，鸟语啁啾，蛙鸣阵阵，更有三三两两的垂钓老者充耳不闻无关事，一心专为鱼儿来。那是个绝佳的去处啊，于是，便心心念念地惦记上了。

淅淅沥沥的夏雨敲打着伞面。这把"上海故事"的品牌伞是我的最爱，浅黄，小碎花。表妹说这个伞名太怀旧了，只有《花样年华》里如张曼玉样的精致女人，高领、过膝的旗袍才能与之配套，于是，送我了件咖啡白格旗袍。如今，那件衣服还寂寞地挂在衣橱里，我不敢上身。想想看，撑把碎花伞，穿件格格儿短旗袍，一双绣花凉拖，也太过风情撩人了吧？

慧子执一把粉红小伞，玉姐那个淡绿，阿萍则是张扬的红，姐妹几个袅袅婷婷，一路逶迤，于蒙蒙细雨中向湖心小岛走去。

途中有段泥泞小坡，她们不介意，倒是我伸手拦住了我的闺密们，并特意叮嘱她们一定要当心，千万别滑倒扫了兴致。我说：你们小心啊，看，像我这样——话没说完，"嗖"一声糊里糊涂地我就下去了，"上海故事"就像断了线的风筝一样，打着滚儿飞出好远好远。

短暂的宁静过后，我的闺中蜜友们爆发出一阵夸张的前所未有的大笑，个个东倒西歪花枝乱颤，说红酒你看着吧，哪个傻子会像你一样的呀……

　　顿时，我的诗意心境浪漫情怀化作乌有。

　　闺蜜们说算了，回去换衣服吧。

　　我不同意，一身泥水，这叫啥？素面朝天！原生态！

　　阿萍故作吃惊地问，天啊，这叫啥？

　　闺蜜夸张地说，境界——

　　在扫兴失落中保持姿态，这还真是种境界。

女孩赵月月

其实，我应该叫她小女孩才对。只是多年来有个习惯，爱把比自己小的女生统称为女孩。可她小我很多很多，那我叫她小小女孩是最合适不过的了。

没见月月之前，老听人说起她，这个小女孩是个陌生的熟人呢。

月月聪颖，妈妈教她读了"黄河九曲天边落，华岳三峰马上来"的诗句后就爬地图上细究细查母亲河究竟有没有九曲十八弯，怎么数都不够呢。月月撅着嘴不高兴，说古人作诗净胡编，我长大了一定要从黄河这头走到那头，仔细数数黄河到底有多少曲多少弯。月月妈妈目瞪口呆，原本想教她"飞流直下三千尺"呢，听月月这么一说，马上改主意了。

月月跟着爸爸学会了下棋，其实也就是知道了象走田，马走日，小卒过河不回还，小小年纪的月月居然敢在客人身边指点楚河汉界两军对弈。

前些日子，气温已经很高了，可是偏偏被场从容不迫的雨给压住了，五月天一下子变得像首活泼明朗的诗，爽得不由分说了。小小女孩赵月月随着她老爸来我们这儿的那天，阳光明媚得居然有些恣意。

这个小小女孩像株向日葵，圆圆的脸，短发，齐眉的刘海儿，很是安静。我们说话时，她依着她老爸一声不响，只是葵花般地转动着脸庞。记得那天我问月月，我说你是不是你们班最漂亮的女生？小姑娘忸怩半天，不说是也不说不是，只是羞羞的笑，憨态可掬惹人怜爱！

有朋自省内来，不亦乐乎。朋友们凑一块说天说地，说东说西，可月月不爱说话。我奇怪着，哪有似她这般大小的女孩如此文静的呢？

驱车来到《千唐志斋》，用心灵和唐人对话，走出他们聚集的石拱窑后心情竟然有些复杂。一群唐人，背对着你时，它是年代久远沧桑厚重的历史，蓦一对面，他们一脸尘土，鬓白如霜……如今，好在他们聚集在这里，还能日上吟诗月下歌，指点江山激越文字，也是件大大的幸事。

我告诉月月，这里留存的也有唐朝大诗人李白"黄河九曲天边落，华岳三峰马上来"诗句的手迹。月月瞪着大眼睛，说那时的交通太不发达，李白老爷爷只走了九曲就走不动了。哈哈小丫头，还惦着这一茬儿呢。

一群野鸽子就在头顶上扑棱棱地飞来飞去，不知忙碌些什么。没有了鸽子号，颇有些原生态的意境。甬道两侧是竹林，疏影横斜。在爬满青藤的石屋书房后，忽见一株与月季为邻的青梅。不知谁问这如青杏般的梅子能吃否？亭亭玉立的女解说员微微一笑说涩，这下可好，便使人直奔"望梅止渴"这个成语去了，我赶紧下意识地紧紧捂住了腮帮。

一行人说说笑笑从青梅树下走过，月月突然松开我的手说阿姨等我，掉头就跑了。我紧追几步，见她又回到树下，努力踮起脚尖，伸手去捉那个离她最近、挂着一枚果子的树枝，一下一下地。小小女孩不够高，总是徒劳。我说，这园子里的花花草草都不可以动的。她停止了动作，不搭话，眼睛亮亮的，只是看我。实在不忍拒绝一个孩子期待的目光，我帮她摘下了那颗青梅。她高兴地捧在手里，反反复复地看，像得到了一粒珍珠，还连声说，我放哪？瓶子里？衣兜儿里？真是个孩子啊。

九曲回廊被攀缘而上的藤萝罩得严严实实，此时，紫藤花早已败去，酷似连豆的果实风铃般的摇曳，逗得人心痒痒的……同行的王兄辨得出不少花草树木，他告诉我那一树繁花的是蔷薇，与玫瑰月季一样，美得令人窒息。正陶醉着，月月冲我手中塞了个小豆角，一脸灿烂的笑。月月对藤萝的果实又来了兴趣，于是，我又被硬拉到藤萝架下，与她仔仔细细地搜索她发现的那个豆角王，听她不住念叨着：那个大大的豆角藏哪了？

有颗高高的老松树穿过天井院直指蓝天，枝枝丫丫透过花墙的缝隙，与小小女孩月月做无声的交流，她望着松树上的松塔惊喜不已。我说月月，你是不是在想，假如有只小松鼠捧着松塔跳来跳去该有多好？！她使劲儿点头，这孩子心中有画；殊不知，一个人只要心里有画，眼里才有画啊！

这时，月月突然告诉我说，阿姨，现在要是宋朝就好了。我不解。她说，那样我就是公主啊！我立刻被她孩子气的想法逗得哈哈大笑，可不是么，人家姓赵，那赵匡胤是大宋的开国皇帝，百家姓排第一啊。半晌，强忍住笑说，我的公主殿下，咱再往前走走？

此时此刻，小月月怕是沉浸在她的想象中，而我早已被园子里火红的石榴花、粉白色的月季、碧绿的睡莲、蹲在池塘边听见脚步声就扎进水里的大眼睛青蛙和诸多的叫不出名字的花花草草诱惑得心荡神摇，禁不住说，哎，月月，我有个这样的后花园就好了。月月说那就回到明朝吧。我说为什么？她说你可以考个功名做大官儿啊。我忘了她是个孩子，忍不住随口调侃道：头悬梁锥刺骨，多辛苦呀。你是前朝的公主，赏我个功名得了。月月笑而不答，眼睛眯成了月牙，在我前面蹦蹦跳跳地像只快乐的小麻雀。后来，她悄悄告诉我说，阿姨，我喜欢明朝的服装，衣袖大大的，真好看！

好你个赵月月，不大会儿，唐宋明三个朝代"嗖"地就过去了。我把月月的趣事说给王兄听，王兄同样乐不可支，说是是，宋太祖姓赵啊。可姓王的名人也有，王莽不是么？我说是，王莽篡位，还有个王伦，被刀劈了，呵呵。王兄一想，老王家历史上就这几个名人，跟月月家简直没法比，立刻就没脾气了。

赵月月，你偷着乐吧。

小小女孩赵月月像株向日葵，圆圆脸，短发，齐眉的刘海儿，很安静，很可爱。

我喜欢。

Armani 是一种生活方式

大刚在穿着方面只认意大利的品牌 Armani ，说穿出随意和优雅才是自己一直寻求的风格。 Armani 细腻的质感和简洁的线条跟自己骨子里的气质不谋而合，能在不经意间彰显出自己洒脱奔放的个性特征。

和大刚光屁股一起长大的朋友亮子就没这么多穷讲究——啥名牌? 狗屁! 大刚你是摆谱哇。说到底，也就是长得帅点，装束自然要跟上，否则很对不起自个儿不是?

大刚佩服的是设计师乔治·阿玛尼，据说这个意大利佛罗伦萨人的财富按美金计算有五十多个亿，可他在生活上克己节俭，对他人慷慨异常，多年来一直奔波在世界各国的穷苦人群中。大刚说这才是 Armani 服装的内在品质和独特魅力。大刚说的时候，眼睛会放射出一种光芒。

专门从事民居装修设计的大刚有自己的公司。大刚在设计中，常常有不同寻常的创意，不起眼的茅草、树枝、竹子、树皮甚至粗糙弯曲的木桩都能化腐朽为神奇，恰到好处地运用到他的设计方案和具体操作中。

如今城里人渴望回归自然，却无暇与大自然交流。大刚说他的设计作品面向的就是这个群体，即便是不能朝饮木兰之坠露，夕餐落英之缤纷，可保准不耽误你心向明月林间、清泉石上。

喜欢穿 Armani 名牌服装的大刚有个怪癖，每接一单，就把自己关在一处与世隔绝的地方，像个独行侠，一关就是十天半月，拿不出设计方案绝不返城。大刚这次要把自己丢在一个叫作画眉谷的地方，亮子开车送他来时，车一靠近画眉谷就无路可走了。亮子说这个鬼地方，当心狼叼了你。

画眉谷有二三十户人家，巴掌大小，村口有人打喷嚏，村尾梨树下闭目打盹儿的花狗能吓一跳。这些年，青壮男子都外出打工了，老弱病残女人孩童留守。大刚一踏进画眉谷，小村子突然就活泛了。

女人们的头发倏地光溜儿了，身上还有股香皂味儿，出来进去，香风四溢。村边有条河，女人们端一盆衣服，腋下夹根洗衣棒槌，张狂地从他借住的那家门前过，嗓门儿也放高了许多。

山里人家的粗茶淡饭总不合大刚口味，大刚压根儿也不会亏待自己，在谁家看中只芦花大公鸡，丢下五十元，说麻烦大嫂帮我做吧。捉只鸡跑十几里山路到镇上也卖不到二十块，大刚出手阔绰，气度不凡，女人就是倒贴也乐意，可这怎么会是倒贴呢？于是，女人就细心地杀，格外地尽心尽意。做好后，连锅一起给他端去；不走，倚在门边，看他美美地吃，脸红红的，眼波流转，盈盈含笑，比自己吃还高兴。

想吃狗肉就留二百块钱。妇道人家杀鸡可以，却不敢收拾狗，唤来村里的跛子老三帮忙，炖上一大锅。大刚就让房东大爷招呼半村人来吃肉喝酒，整个画眉谷过年似的热闹。

村里的孩子们在他房边怯生生地玩耍，大刚童心萌发，像个孩子王，跟一群淌着鼻涕的顽皮小子们玩老鹰捉小鸡。累了，靠着高高的麦秸垛打盹儿；饿了，带到镇上，由着孩子们的性子，想吃什么任意点，他只管付账。那些天，隔三岔五总见大刚老母鸡护鸡雏样带群孩子兴高采烈地走出画眉谷。

山里人不认名牌，更分不出一线二线男装品牌来。女人们做着针线活儿，嘴可不闲着，说大刚你算是有钱人了，穿得可不咋着。大刚笑笑，不说话。大刚要说出自己身上那件褐灰休闲装的价格，能吓人一跟头。

更多的时候，大刚静静地坐在村边的溪水旁，看青山悠悠溪水涟涟，一坐就是一天。

山村的夜晚格外静谧，月亮悄悄爬上了树梢，这个时候，大刚灵感突现，埋头做着他的设计。

设计进展顺利，明儿就要回城了。大刚望着房东家西厢房前的那株香椿树，一阵不舍涌上心头。这里虽然贫瘠落后，可山里人家简单坦率，没那么多花花肠子。大刚想把这里当成自己的创作工作室，以后有项目，就远离尘嚣躲这儿设计好了。

亮子是在大刚设计完成的次日傍晚见到他的。在此之前通过话，大刚说了个碰面的地点，特意嘱咐亮子一定多带些钱。

亮子提前一刻钟来到大刚说的地点，末班车人都走光了也没见到大刚。正纳闷儿，忽见一蓬头垢面衣衫褴褛人迎面走来。定神细瞅，居然是大刚。行为艺术？也太夸张了吧大刚！亮子一声惊叫险些把狼招来。

也就是在大刚设计完成的那天深夜，几个蒙面人闯进来把大刚所有的钱财衣物洗劫一空，连袜子都没给他留下。

大刚死命拦住房东没让声张，只说找件衣服。房东大爷摸索着在墙角的白茬木箱内找出个旧包袱抱到大刚面前，打开来，是件破旧不堪的军大衣和一双前后有洞精心补过的胶鞋。

回来不久，大刚不顾亮子反对又去了画眉谷，拉了满满一卡车衣物，却把那破衣烂鞋留下了。大刚要做个纪念。

亮子还会时不时地跟大刚探讨有关服装的问题，说那 Armani 服装真看不出有多好。

大刚说顶级设计师乔治·阿玛尼的设计是对美的最佳阐释，淋漓尽致地表达了一种自我感受和自我情绪。说到底，Armani 代表的是一种生活方式。

大刚说出这样一番话的时候，亮子当胸捶了他一拳，说：靠，这是哪本时装杂志上的话吧？

局长彪子

彪子从小就长得帅气，鼻子是鼻子眼是眼，走路抬头挺胸腰板倍儿直。别家爹妈总是恨铁不成钢地教育自己的孩子：祖宗，你也学学人家彪子呗。

彪子最让同学服气的就是上课时的坐姿。腰板直直，双手背后，课堂四十五分钟一动不动。彪子举手回答老师提问时，胳膊与小臂总是形成一个漂亮的九十度直角。有的同学说，老看见彪子在他老妈的穿衣镜前一本正经的练习举手。

老师喜欢彪子，彪子几乎是每个老师表扬的对象。

别看彪子课堂上聚精会神的样子，其实学习成绩不咋样，可彪子上课认真听讲啊。班主任要求全班同学向彪子看齐；不仅如此，学校还分批组织各班班委到彪子的班上观摩学习，有的班还把他请去做示范。

同学们不太喜欢彪子，说他装洋蒜。春秋天还好，夏天热，像彪子那样坐，汗都下来了。冬天，教室里冷，手冻得跟红萝卜似的，受罪。有的同学就说彪子，你就不能改改姿势？让大家放松放松啊。彪子压根儿不理会。于是，在一天放学途中，彪子就掉进挖好的陷阱里了，破了脸，伤了手。次日，彪子手上缠着绷带，还是腰板直直地坐着，让全班同学都惊讶地吐舌头。彪子的母亲却经常训他，说你这孩子在家咋倒坛洒醋、坐没坐相站没站样呢？

彪子毕业后去当兵，队列走的好，动作要领掌握得特别到位。上级来检查时，新兵连就让彪子稍息立正走正步，出尽了风头。

彪子回到地方，仕途之路也比别人通达，几年工夫就当了局长。彪子当上局长后，一点官架子都没，还和先前一样为人随和，老少都开得起玩笑。

局里的老贾病了，也不是啥大病，痔疮。躺在床上，疼得龇牙咧嘴。彪子买了水果前去探望，问了病情后，叮咛老贾务必注意饮食，还教了他一些自我保健的小窍门儿，其中一个就是告诫老贾解便后要在有痔疮的部位按摩五分钟。彪子居然亲自动手给他做示范，足足给老贾认认真真不带半点儿含糊地按摩了五分钟之久。别看老贾五十多岁的人了，可哪经过这阵势？也只有爹妈能做到这样吧？这下把老贾感动得呀，鼻涕一把泪一把。彪子的事迹一经宣扬，全局震动，都对彪子敬佩有加。

彪子对下级体贴入微，对上级也是关怀备至。有一回，上面来个检查组，带队的组长颈椎不好，彪子觉察到了，亲自到组长的屋里讲颈椎的保护知识；还学了一套颈椎保健操，每天给组长做示范，陪组长早晚做两次。检查组走时，彪子和组长早已成了铁哥们，组长抱着彪子，泪眼模糊，依依不舍。

彪子犯事被"双规"的消息传来，大家都不相信。到彪子家看望，果然只有彪子媳妇在家独自流泪。

老贾安慰彪子媳妇，说一定是搞错了，别急，局长不会有事！

可不嘛，彪子上午还在全局的会议上做报告，主要内容就是要大家保持清正廉洁。彪子说，如何保持廉洁自律，不说远的，大家向我看齐就行。别人不敢大话自己，我敢！

彪子也是这样做的。

局里要选拔干部，小周最有竞争实力。测评后，小周就去了趟彪子家。果然，小周成为最后的优胜者。任命下来那天，彪子把小周请到办公室，把小周的"意思"退还给他，并语重心长地告诫小周要走好以后的路。

局里一个工程招标，一家包工头托彪子的表弟给彪子送去个大红包。彪子不光把红包摔到表弟脚下，还骂得他狗血喷头。局里人还是第一次见彪子如此脸红脖子粗地骂人，都说他刚直不阿，不给人留脸面呢。

彪子在每年的评比中都是先进，可他全让给了别人。彪子说，成绩是大家干出来的，但有一项荣誉他当仁不让，那就是廉政先进个人。他说，廉政就是要从领导做起，从自己做起，这个荣誉谦让不得。

出去打探消息的人回来了，说，彪子局长犯事是真的，而且还都是大手笔，初步交代的就有百万了，还在外面包养的有人……

一屋子的人没了言语，只有彪子媳妇的哭声。

老贾安慰她说，弟妹，你也别太难过。彪子局长是很爱你的。彪子局长说，他每天上班下班都要拥抱媳妇，说句我爱你。局长经常要求我们也要这样做，还说家庭和睦了，社会才能和谐。

彪子媳妇问老贾，彪子真这么说了？

老贾拍拍胸脯，真的，不信你问问大伙儿。

可他从没这么做过呀。彪子媳妇哭得更痛了……

带几张葱花饼

　　梆子从小就能吃，三岁就能吞下俩拳头大的白面馍馍。

　　梆子家境不好，饥一顿饱一顿，梆子干巴柴的身子骨，细长脖子挂着个大脑袋，一双凹着眼窝的大眼就盯着谁家有好吃的。娘看着梆子那幅狼吞虎咽的吃相，叹着气说，这孩子该不会是饿死鬼托生的吧。

　　梆子最爱吃的是娘烙的烫面葱花油饼。葱花油饼不是想吃就能吃到的，家里来了稀客，梆子过生日时，娘才会烙烫面葱花油饼。当院支起鏊子，灶膛里塞几把麦秸，娘鼓足腮帮吹上几口气，火便呼呼地舔着鏊底。娘拿起一块儿猪油，往干烫的鏊子上转圈一擦，香味就铺满了院子。娘把擀好的油饼在手掌上一转，油饼如手巾般旋出，准确地落鏊子上了，再顺手添把火，用竹片把油饼翻过来调过去抖搂几下，葱花饼两面火色匀匀实实了，竹片猛地一抖，烙熟的油饼大鸟般扑进竹筐里。

　　只要有了葱花饼，梆子总是把自己的肚子撑到最大限度，巴不得天天都有生日过都有稀客来。

　　梆子上学，心思也没用在学习上，见天就惦着吃。哪个同学带吃的了，他就腻歪在人家身边献殷勤。为此，梆子没少挨爹的巴掌，可梆子这主从来记吃不记打。

　　老师拿着梆子的考试卷家访，梆子老爹脸气得像后院菜地里那长势喜人的紫茄子。娘叹口气，没多言语，只说让梆子麻溜儿上床睡觉，明儿就带他去城里。

梆子头回跟娘进城，他牵着娘的手东绕西拐进了家餐馆，娘从衣襟下掏出个手巾包，仔细打开，数了几张毛票，给梆子要了碗炸酱面。梆子抹着鼻涕，呼噜呼噜两口就吃完了。

梆儿，吃够没？梆子摇摇头。

想不想以后天天都有炸酱面吃？梆子点点头。

看到旁边这些吃鱼吃肉的人没？梆子点点头。

想不想将来也和他们一样想吃肉就吃肉想吃鱼就吃鱼？梆子点点头。

梆儿，要想天天有肉吃有面吃就得变成城里人，懂不？

怎么变成城里人？

好好念书。书念好了，考上大学就能变成城里人，就能让一家老小吃肉吃鱼，想吃多少吃多少，知道不？梆子点点头。

梆子恍然大悟，读书原来有这么多好处，从此梆子知道用功了。

梆子一用功就不得了，小学初中到高中，成绩总是名列前茅。考大学，梆子成为县里的文科状元。填报志愿时，梆子不是选名牌学校，而是选伙食条件好点，费用又不高的学校。梆子大学毕业，分到一家大企业。老总带着班子人员和梆子设宴招待客户，那桌菜是梆子想都想象不出来的，一顿饭好几千，老总只是轻描淡写地在一张单子上签了个字。

梆子失眠了，两眼跟汽车大灯似地瞪到天亮。他知道，即便是城里人了，即便是有肉吃了，那人与人之间吃的肉也是不一样的。有吃五花肉的，有吃带皮肉的，有吃精瘦肉的，还有吃进口肉的，说那绿色的肉从东欧宰杀空运到国内再精心制作端上餐桌绝不超过十二个小时，这速度这效率这银子的确唬人。

梆子很快就知道了，越是吃高级的昂贵的菜肴越是不用自己掏腰包。于是，只要有吃的机会，梆子从不放过，很快就吃得脑满肠肥，挺起了肚子也跟个老板差不多。

当然，梆子工作很卖力且能吃苦，但凡公司有跑跑腾腾尤其是那些犄角旮旯偏僻边远的业务，梆子都毫无怨言地去做；天长日久，梆子熟悉了公司所有的岗位和运作职能，也看清了公司经营管理方面的缺陷和漏洞。公司改革竞聘，梆子有理有据翔实可行的方案被上级和公司的员工拥戴，梆子就坐到了公司总经理的位置上。

上任的当晚，梆子没请新班子人员一起庆贺。他选了市里最高档的酒店，把父母接来，点了酒店里最高级的菜，那架势把爹娘差点儿吓晕。梆子说娘，咱能天天吃肉吃鱼，咱能签单，不用自己掏钱。梆子倒上酒，一口吞下就哭了，哭得惊天动地。

梆子不会亏待自己，在城里所有的高档酒店里都是常客。梆子曾经对自己的朋友说，吃喝拉撒睡，吃字当先，民以食为天，吃好很重要。你看看你，面色暗涩，两眼无神，缺少活力，一看就是身体不行啊。要讲究吃，要营养平衡。我建议你，也不要多，每周吃两次鲍鱼，喝一次东北参汤就行了。朋友瞪着眼说，你当我是你啊，每周两次鲍鱼，我吃得起吗？

梆子拍拍朋友的肩膀，笑吟吟地走了。是啊，吃得起吃不起是你的事、你的本事，可友情提醒还是需要的嘛。

梆子吃出毛病了，单位体检，糖高，血脂稠，前列腺，脂肪肝。医生说这是富贵病，吃嘴吃出来的。锻炼，忌口，尤其是不能吃鲍鱼喝参汤。梆子受不了，梆子几天不去酒店签单就觉得心慌手痒气燥，跟丢了魂似地。

梆子是和班子人员一起聚会时被检察院带走的。临行前，梆子还不忘把眼前的一碗参汤喝尽。

梆子在局子里待了半年多，才被允许探望。梆子说，半年了清汤寡水粗茶淡饭，我都受不了了。去的人说，你不是身体有许多毛病嘛，看看能不能办个保外就医啊。梆子就提出要求，去了医院做检查，结果是一切正常。梆子不相信，换了一家医院再查，还是一切正常。梆子说，乖乖，在局子里待着，吃的都是健康食品啊。

来人走的时候问他还有啥要求没有，梆子抿抿嘴唇，说，能不能让俺老娘烙几张烫面葱花油饼带来？

梆子真哭了。

二胡·老马

树叶打着卷儿，木呆呆地一动不动，全无了平日的摇曳轻灵。树上的蝉儿有一搭没一搭地叫岔了音儿，谁家的狗茸蒙着眼儿伸出长长的舌头，呼哧呼哧喘着粗气儿。这天啊，当真热燥得不行；可还有不省心的事呢，这不，老马媳妇儿依在老马办公室的窗口旁，好看的脸上阴云密布满是泪水。

老马怎么就得大病了？大伙儿不信，昨儿还在办公室里说笑话呢。

老马这人话不多，不说话时唬着一张周仓脸，看着多凶似的，其实，相处久了才知道，老马爱说笑话，不多，就一句儿，你要是不笑得岔气儿，算你不懂幽默。

别以为老马老马地叫人家，人家就老得不行了，其实，老马今年刚四十。

老马长个大众脸，显老相，从小学四年级起就被一群和尿泥灌屎壳郎窝的狐朋狗友叫成老马了。据说有天晚上，老马的小兄弟们找上门儿叫着老马老马，高一声低一声跟失火了差不多。老马他爹从屋里穿个大裤衩子就出来了，说谁找我？一群毛孩子见真老马出来了，吓得抱头鼠窜。老马他爹以为这些毛孩子存心拿他开涮，站在门口气得七窍冒烟儿，蹦着高儿说反了反了，这些熊孩子真欠揍。老马心里明镜儿似的，躲屋子里捂着嘴笑得直不起腰，横竖不敢吱声。就这样叫着叫着就把老马从个小屁孩叫到不惑之年了。

不惑之年的老马突然迷上了二胡。那日老马闭目养神，怎么着就听到了窗外飘来的哀长幽怨惆怅空悲的二胡曲，老马竟然听的两眼含泪。于是，老马就到了一家乐器行，说随便给拿把二胡瞧瞧。一问价钱，惊得瞪圆了眼，乖乖，一把二胡要上千元啊。末了，还是去老街的旧货市场上踅摸了把二胡，百十块钱，老马很满意，自己在家就吱咕吱咕练起了二胡。练了些时日，拉出的曲调还跟杀鸡差不多，老马就让二胡上了墙，嘟囔着，怨不得叫二胡啊，几天就把我整二乎了。

还说昨天早上吧，办公室里忙得跟打仗一样，调阅档案的、查找资料的、安排车辆的、使用印鉴的，还来了几个难缠的老上访户，好一阵忙活，十点半终于就绪了，于是大家泡茶的泡茶，看报的看报。老马的俩耳朵上各架一根烟支应着，左手焦黄的食指中指还夹着一根烟现抽。老马抽烟酷爱这样的造型，老马说这叫持续开炮。

老马深呼吸似地吸口烟，却不急于将烟吐出，压在肚子里运了半天气儿，才张弛有度地让那口烟打着滚儿翻了出来，周仓脸木木的似乎没有笑肌，干咳两声算是招呼大家注意他要发话了。果然，老马嘴一张，就好比一鸟入林百鸟无声，喝水的放下了杯子，看报的放下了报纸。只见老马慢吞吞地说：这几天俺觉得老不美，清早一起来就往厕所窜，看见啥都不想吃。到医院了，医生说张开嘴，一天大便几回？

老马话音刚落，喝茶的呛住了，看报的把报纸揉成一团，秘书的眼镜滑到鼻尖儿上了，那阵冲天大笑差点儿没把办公室的房顶掀了，可人家老马不笑，老马叼着个烟屁股冷着脸子看大笑之人。

可就这个老马，怎么说病就病了？秘书赶紧倒杯水说嫂子别急，坐下慢慢说。老马媳妇儿接过水杯，抽抽搭搭地说：昨天下午还、还给俺贫呢。

别看老马黑不溜秋的，老马媳妇儿可长得白净可人珠圆玉润。有人说这两口子一个粗陶一个细瓷简直就是打着别长。

这人美了，事儿就多，老马媳妇儿一闲就倒饬那张俏脸。说来也怪，越小心脸上越爱出些点点豆豆，老马媳妇儿就闹心的不得了。她还有个怪癖，治疗这些点点豆豆，绝对不信乐肤霜皮康王啊啥地，就信后头带素字儿的药膏，譬如红霉素吧青霉素吧土霉素吧等等等等。

老马媳妇儿坚信自己开的药方能治自己的病，可家里备的"素"用完了，当下心里这个急呀，趁老马上班时就追着屁股交代：哎我说，你下班回来买点儿红霉素青霉素土霉素药膏啊。

老马只顾走自个儿地，头也不回问：说清楚，到底要啥素？

老马媳妇儿说：啥素都中。

老马说：尿素中不中？

你个死人！老马媳妇儿的粉拳雨点儿般地就落在老马背上了，于是老马就笑，笑的样子极坏极坏的。

老马媳妇儿说着说着就又哭了，摊开手中的病危通知书，天！这下大伙儿都看清楚了，老马病得不轻：蛛网膜下腔出血压迫视神经导致双目失明。

老马有了病，办公室里似乎就没有了笑声，安静得让人心悸，这里决不能没有老马！

办公室里的弟兄们焦急地围在老马的病床前，老马媳妇儿红着眼圈儿坐在老马床头，一夜之间憔悴得不成样子。老马的一张黑脸变得蜡黄，一双大眼空洞木然，看他那样，大伙儿越发揪心的不行。只见老马用手死命揢着太阳穴，却抽冷子地说了句：弟兄们别操心，没啥大病，不就是俺这一对儿大灯烧了俩嘛。老马是司机，说话自然离不开老本行。

大伙儿着急上火，老马却不急了，跟媳妇说，去，把我那二胡拿来，这回我找到阿炳的感觉了。

老马拉得还是吱吱呀呀不着调，可老马拉得认真呀。

很认真。

老实人与老实话

　　总经理阴着脸一进办公室就摔了杯子。

　　梁工，你看着怪精，咋是个老实蛋呢？梁工扶着他那用黑胶布缠过的破眼镜，大着胆子分辩道：我我我这个人，优点是老实，缺点是太、太老实。

　　梁工在公司里搞技术，论起业务能力没说的；论人品，老实人一个。

　　严格地讲，梁工算是个英俊男人。瘦高个儿，眼睛不小，看人时，那眼神儿不是一般的专注。断条腿儿的黑框眼镜有些年头了，梁工爱省事，顺手在工地上扯节儿黑胶布缠了，那眼镜腿儿就像爬了只大苍蝇。

　　这些天，施工现场出了些问题，梁工没明没夜焊在那儿，昨晚又是个通宵，凌晨五点才回家。

　　许是梁工刚走，工地再次告急，办公室老董赶紧给梁工电话，心急火燎只说了四个字：速到工地。一刻钟不到，梁工就小旋风般扑到公司了，快碰人鼻子尖儿时才刹住车，一脸迷茫地问老董，你说让我速去耕地？老董一听，差点没把刚刚下肚的牛肉汤喷出来。

　　工地不远处有家快餐店，味道大好不是小好，物料部的人就说中午让梁工带几份儿饭回来。老董说你们物料部这帮家伙们越发懒得可以了，从工地归来不就手捎回，忍心让人家帮着买？没见梁工那双眼睛熬得通红跟兔子有一拼？

物料部的红鼻子核算员狡黠一笑说老董你不懂吧？快餐店那风情万种的老板娘是咱梁工的青梅，俩人在幼稚园就好上了，创造个机会见见呗。老董叫董全会，啥都懂都会，有个口头禅，一张嘴就是：你不懂了吧？

我不懂，呸！老董反手用骨节敲着桌子，让你们一说梁工还怪早熟呢，可劲儿糟蹋老实人吧。哎，给我也带份饭回来啊。

其实公司很多人都知道梁工跟老板娘春妮的事儿。有次值班，梁工多饮了几杯花雕，提起往事眼圈儿都红了。说是那年八月十五给未来的老丈人送月饼，不多不少拿了俩。那时的月饼大，根本不像现在做得那么袖珍。梁工走半道饿了，坐路边树下吃了一个，又把剩下的那个月饼毕恭毕敬地送到了老丈人府上。准老丈人绷不住劲儿了，说这姓梁的屁事不懂，头回上门，送月饼还送的"独一无二"，别指望一辈子有啥出息。说破大天，妮儿也不准嫁这小子。春妮也埋怨。梁工委屈地说：春妮你还不知道？我这个人的优点是老实，缺点是太老实么。

都是过去的事儿了，老董笑着说玩儿升级玩儿升级，反正有人给咱带饭。于是一干人就放心玩牌，工夫不大，啥都懂都会的老董脸上贴满了白纸条，一说话，纸条吹起老高，飘飘扬扬，颇为壮观。

眼瞅着一点半了，这梁工杳如黄鹤，玩儿牌的人饿得前心贴后心，顾不上出牌，一个劲儿朝门口瞭，只要过来一人，都跟相面似地上下打量。

就在大家快绝望时，梁工回来了，脸晒得通红，一脚门里一脚门外，大声嚷道：没卖蒜的！

啥蒜？是饭呀大哥。

老董等人全傻了眼儿。

话说这天，总经理从香港回来了，要出面请建设方吃饭，交代老董和梁工作陪，说一定要把建设方给伺候美打发舒坦。老董说，这建设方可是咱工程公司的大爷。伺候这些大爷，不上心不中啊梁工。梁工说那是自然，咱当咱是孙子行了吧？

酒宴安排在金碧辉煌的"凯旋门"，又鲍鱼又鱼翅专拣贵的上，似乎一定要吃它个世界末日才肯罢休。建设方来了一男一女俩人。男的年龄不算太大，牛呼呼的，一开口，京片子；女的并不年轻却描眉画眼挺能倒饬，走起路来袅袅娜娜风摆杨柳，举手投足有种说不出的味道。

那京片子侃起大山来是把好手，国内国际，双边关系，老布什小布什都跟他家亲戚一样。听得人云里雾里，半天都插不上嘴。忽听京片子说当过兵时，老董马上接话打了个短平快，说咱这辈子最遗憾的事儿是没当兵，虽说做过几年民兵，可跟正规军不能比呀。

老董的溢美之词刚开头，便被梁工不客气地打断了。他一脸认真地说：当兵没打过仗等于白搭，有啥值得羡慕？梁工你这话不妥，很不妥！老董私下里轻轻地踢了踢他。谁知他跟蝎子蜇了样大叫：踢我干啥？老董尴尬得几欲昏倒。

那京片子谈兴正浓，被梁工一抢白，顿有不悦之意。老董见风使舵的功夫一流，赶紧岔开话题，端起一杯酒朝那并不年轻的女人碰去，话说得热情有加跟不出五服一样：花样女人就是养眼，咱敬个养颜酒，今年二十明年十八啊……那知梁老兄不失时机地接口说：那是不可能的，也就一般人么。再看那女的，花容失色。

气氛顿时紧张，为了缓和，总经理说话了：来来来，都是朋友，合作愉快！

那是那是。梁工这次倒配合，再听就不照号了：说是合作，其实我们做工程的在你们面前就是一孙子。话说得阴阳怪气，不欢而散。

总经理的鼻子都歪了，老董也跺着脚气急败坏地说梁工你不懂了吧？老实话不敢对人老实讲啊，这鲍鱼和红烧大排翅吃到猪肚子里了。

可梁工压根儿不晓得自己错在哪，咋会吃到猪肚子里？

他快委屈死了。

咖啡男人

森哥新开了个咖啡屋。

森哥能开咖啡屋？骗鬼去吧！米兰一脸诧异。

米兰那年采风时住在森哥家，森哥家在凤凰山深处山坳里。

森哥说画点高楼大厦多好，跑这儿画山画树画石头，城里人闲着没事儿干了。米兰一笑，懒得和他争辩。

森哥的志向是走出凤凰山，走出凤凰山就是城里人了。

后来森哥果然走出大山成了城里人，还有自己的公司，生意挺红火。

走出凤凰山的森哥很忙，经常是清晨还在城东那家有名的牛肉汤馆喝汤，中午指不定就飞广东海鲜了，或许晚上会在香港尖沙咀弥敦道的美丽华酒店下榻。

森哥会在闲暇之余邀上米兰逛名品店，说米兰懂艺术有品位，也得给森哥指点个一二三，场面上需要的。

城中央有个名品服饰中心，广告打得邪乎：成功男人的唯一选择！好像你不来这儿购物就不是成功男人。森哥是成功男人，理所当然要光顾此店。

森哥附在米兰耳边小声说别给哥省银子啊！米兰使劲点头，有种使命感。

米兰看好一款 T 恤衫，有红白蓝黄黑五个色系，价格自然不菲。森哥说哪种颜色好？米兰脱口说都好。森哥立马高声指着 T 恤衫呼唤售货小姐，说这几样颜色一样一件全要。售货小姐的眼睛即刻眯成月牙儿，就差雀跃了。米兰说森哥你太没创意了吧？森哥不解：你说都好的呀。从名品店走出的森哥浑身上下包装一新，比成功男人还成功男人。

森哥处心积虑地适应场面上的需要。场面上需要什么，森哥就恶补什么。就说这跳舞吧，森哥报名参加了个什么国标培训班，光学费就交了一千五。头一周国标老师怎么教、教的啥都不重要了，重要的是森哥一听三步四步就晕菜，追着老师屁股问为什么是三步和四步？为什么不能把三步跳成四步或者把四步跳成三步？那种不耻下问的认真劲儿直把娘娘腔的国标老师问得头大，说森哥提出的问题很深奥，要想搞清，得先从音乐的起源和发展上说起，太恢宏了。森哥越发糊涂，闷着头蹲舞场里下死劲旁听与观摩了四五天还是拉扯不清。培训结束后，森哥的舞步跟在部队出操没两样。米兰说森哥你死心吧。森哥憨憨一笑不说话，可就是心不死。

米兰说她总想追求一种浪漫情调，幻想着入夜优雅地坐在咖啡屋里，面前是一壶刚煮好的咖啡，耳边轻轻地响起拉维尔优美的牧神曲，与人愉快地交谈着、品评着，置身于现代文明超然轻松的意境和氛围里。森哥一听两眼发光，忙说我在场面上也需要提高品位上台阶了。

一城春色半城水，塞纳河咖啡屋坐落在风光旖旎的伊人河畔。森哥西装革履打扮得很正式，米兰一身粉绿衣裙凭窗而坐，矜持地招手示意来壶牙买加极品蓝山和几碟精致点心。

头饰粉色三角巾身着洁白围裙的服务生步履轻盈地走来欲将壶内蓝山倒出时，森哥说别，泡会儿再倒。米兰白他一眼，端起杯呷一小口说森哥你尝尝。森哥没动，大大咧咧地说：　就这？有捞面条没？

米兰不知如何应对。烩面也中啊，森哥把声音提高了八度。

米兰见满大厅的人齐刷刷地朝这儿看，急忙用脚尖在桌子下面碰碰他，小声说想吃面到面馆好不好？森哥极不情愿地端起咖啡一饮而尽。米兰慌忙低声提醒：咖啡只能细品，没你那样喝的。森哥鼻子眼睛都极其痛苦地皱成一团，说早点喝完早省事儿，苦不拉几中药似的。米兰说要的就是这苦味，会不会喝咖啡你？

森哥一听来劲了，招呼侍应生：先来十壶，咱俩对饮，看谁不会喝。米兰忙说别别别，你以为是啤酒，一捆儿一捆儿来？不行，十壶，上！雷厉风行干脆利落是森哥一贯的作风，话说得斩钉截铁，哪容米兰分辩。就这样，十壶蓝山银光闪闪卫兵似的一字排开，森哥特意要求米兰一杯咖啡必须一口干。

森哥一点都不含糊，"望星空，鸟鸣声，倒挂钟"，酒桌上的那套心法秘籍全让森哥发挥到了极致。第八壶时，森哥依然是豪情万丈英雄气不减，可米兰早就顶不住了，头昏脑涨几欲要吐。看森哥一副摩拳擦掌拼命三郎模样，只得认输。森哥这才一脸得意地说到底谁不会喝呀？

米兰懊悔地只想抽自己。昏头昏脑走出"塞纳河"，小资浪漫情怀荡然无存。足有一年光景，米兰不敢听人说"咖啡"二字，一听就反胃。森哥给过米兰几个电话，米兰自己也说不清为什么，没接。

今儿森哥居然颠儿颠儿地跑到米兰的画室说自己尝试多元化经营，刚开了家咖啡屋，特意从意大利进口了一台全自动咖啡机，还有牙买加顶级蓝山咖啡，伊丽莎白女王陛下的最爱。米兰把满头褐色的长发拢进一抹花格丝巾中，正挽着袖子给新作《芳草留人意自闲》落款，闻言，举着画笔的手停在了半空中。

具有清淡及梦境一般口味的牙买加蓝山咖啡并不多见，米兰将信将疑地来到森哥的红磨坊咖啡屋，一进门便看见森哥西装笔挺反剪两手站在一架五扇屏风旁，见到米兰，森哥紧走几步惊喜万状地抓住她，一副恐米兰走掉的模样，同时朝服务生无比豪爽地大喊：来来来，顶级蓝山，先上十壶！

一条不是藏獒的狗

我不喜欢饲养小动物。

无意看了部《藏獒》的小说，忽然对藏獒有了感觉。

同学强子一听说我要养藏獒，拍着胸脯说，我给你弄一只。

几天后，强子咋咋呼呼地开着车，宝贝似地从竹篮里抱出一只毛茸茸的小狗。说，也就是你，换别人我还真不舍得送它出去。知道吗，藏獒，名贵着哪。

小狗有巴掌大，像个圆球，我叫它噜噜。说来也怪，两天后它就知道自己的名字了，这边一叫噜噜，那边它就连滚带爬摇着尾巴忙不迭地来了，聪明！我把消息反馈给强子，他不足为奇地说，藏獒，能不聪明吗？长大了能看管十头牦牛，敢和狼斗，比狼还智慧哪。

有了这条小狗后我比以前忙了许多，谁让咱把噜噜也当人养呢？吃饭要先想着给噜噜喂饱，出门要先想着安排好噜噜，睡惯了懒觉的丈夫，大清早就被我哄起来带噜噜出去散步。儿子嫉妒了，时不时会酸溜溜地说上一句：噜噜跟你儿子一个待遇呢。

有个风雨交加的夜晚，小东西不知吃错了啥，上吐下泻卧着不动，怎么叫都没反应。我急了，抓条毛巾被抱着它不顾一切地就跑出去了。丈夫在后面急叫：伞伞伞，也跟着追出。我俩顶风冒雨跌跌撞撞地终于来到宠物医院门口，里面黑灯瞎火啥也看不清。

我瞪大500度的近视眼瞅了半天，才见一牌子上写着：看急诊请按铃。匆忙按提示办了，半晌，对面楼才现出一人影，劈着嗓子问：干啥？

看病。

"人影"说：上五楼。

于是气喘吁吁爬到楼上，问诊、开药、打针、交钱，折腾到半夜。事后回想和那宠物大夫见面的情景，跟地下党接头似的。

噜噜抱回来两个月时，有行家指点说得打防疫针。我连忙联系当医生的闺蜜，她说探亲在外，特委托她那曾在部队卫生室混过两天的老公带着针药来了。他很内行地消毒、注药，一针下去再松开时，噜噜不会走路了。

我心疼地在电话里冲闺蜜恨声说：如果我家噜噜从此瘸了，就把你老公的腿赔给它！我那是藏獒，比他的腿值钱。

闺蜜在电话那端笑得上气不接下气，说：哪有给狗打针扎腿的，扎脖子呀大姐，真没文化。好在，噜噜的腿瘸是暂时的。

噜噜日渐长大，一身黑白相间且油光发亮的长毛很漂亮，站起来半人高，不爱叫却热情有加。家里来人，总无比亲热地扑到人家身上示爱，往往把客人吓得魂飞魄散，站门口不敢移步。朋友带孩子来玩，那狗站起来比孩子都高，恐惧地拉着孩子落荒而逃。朋友咬着牙说：只要你还养狗，咱就不来往！可她家的孩子从此有了壮胆的借口，经常在幼儿园里底气十足的吓唬其他小朋友：你们敢欺负我，我就让我红酒阿姨家的大猫咬你们！啊呜……哈哈，大猫，听着跟景阳冈上的大虫有一拼。

噜噜具有不喜吠、热情的特征，怎么看都不像个藏獒。可只要人家问它是啥品种，我还是骄傲无比的说藏獒。闺蜜听了，嘴撇得跟瓢似的，一脸不屑地说：哪有一上来乱舔别人脸的藏獒？一点威严都没，典型的土狗。我那骄傲立马荡然无存。

有了噜噜家里就乱套了：客厅里贴的壁纸全撕剩下一半；刚买了半年的沙发让它蹦上窜下露出了里面的海绵；所有的拖鞋全让它叼着甩来甩去弄得底帮分家，卖拖鞋的丫头可高兴，说姐我给你批发一箱吧？一箱五十双。我晕。

有次下班回家，见噜噜大模大样卧在床上正饶有兴趣地咬着什么，见到我一改平时热情模样，"呲溜"一声极快地蹿下床躲在柜子后面。仔细一看，电视机的遥控器已成一堆碎末末。从此，我家的电视由遥控变成手动。

阔别多年的好友来访，看着屋子里一片狼藉，满目疮痍，心中不忍，背过身训我弟弟：也不想着帮帮你姐，是不是手足之情？再不管我对你不客气。弟弟极尴尬地搓着手一脸委屈。原来好友把我当成帮扶对象、社会的弱势群体了。

漂泊海外的朋友带着新女友回洛宴请昔日同僚，一见面，听他那女友乡音盈耳，便生出几分好感来。席间不知怎么又聊到了狗，偏巧他女友也是爱犬一族，于是把朋友撂一边儿，以此为话题，除了聊狗还是聊狗，大有以狗会友相见恨晚之意。一桌菜没顾上吃，鱼更是没动。他女友说把鱼打包给噜噜吧？我那买单的朋友不知是备受冷落生怨还是心痛银子肝儿疼，恶狠狠的嗑着牙花子说：原来鱼是为狗点的！

电视上播出某杂技团训小狗识字的节目，儿子突发奇想，伸出俩指头，不厌其烦的开始教噜噜算术，光是示范"1 加 1 等于汪汪"也不知重复了多少遍。噜噜空前地深沉，死不吱声，时间长了突然不耐烦地"汪汪汪汪汪汪"一通胡叫，儿子摇头说错了，再来，无比耐心地训练到半夜仍无成效，只好愤愤作罢。

我总觉得噜噜身上少了些霸气，藏獒不该是这样。我开始检讨自己的饲养做法，应该培养噜噜的野性。动物园里的老虎，被驯养的都没了虎威，何况一只娇生惯养的狗。我把噜噜引到郊外，放一只鸡让它俩对峙厮杀。噜噜开始还跃跃欲试，可马上就被鸡撵得四处躲藏了。没过几时，噜噜就和鸡黏糊的像亲兄妹似的，我没辙了。

我找到强子，说起噜噜的种种表现，怎么丝毫不见藏獒的威猛特征啊。强子摊开手说傻大姐呀，我到哪里去给你寻藏獒啊。不就是条狗嘛，养啥品种不是个养，喜欢就得了呗。

我又搬新家了，新居院内不许养狗，无奈只得忍痛将噜噜送给了弟弟的朋友。我说，告诉你朋友，我可是把噜噜当藏獒养的。弟弟善解人意，经常跑来向我报告噜噜的动态，什么噜噜交女友了、噜噜有儿子了等等。

直到有一天，弟弟沮丧地说：姐，噜噜丢了。

丢了？我直着嗓子吆喝：找去呀……

再后来的一个深夜，电话铃声大作，弟弟兴奋地大声告诉我说，有人在城西一带看见噜噜出没，身后带着一群狗。闻言心中稍安：还算不错，毕竟也混成丐帮老大了。

噜噜是条不是藏獒的狗，是我养的第一条狗，也是最后一条。我发誓！

此去经年一首歌

一个落雪的午后，突然就接到了她的电话。她说是我，粒粒。

喜出望外。我急急地问：你在哪？葡国？她说不，和我的葡萄牙丈夫回来省亲呢。我赶紧放下手头的工作，匆匆赶到城西一家商务咖啡屋。

粒粒是我的密友。如今定居在葡国。

和她相识是在一个桐花飘香的季节。那时的粒粒齐耳短发，白上衣黄军裤，清爽干练，铿锵玫瑰。粒粒笑起来绝对好看，脸白净得令人嫉妒，朱唇皓齿很有魅力。和她头回见面，那一笑，就让我对她好感顿生。

粒粒在政府机关做秘书，字写得很漂亮，文章更是锦绣。

突然有一天，她去了斯里兰卡。走得很决绝，关系什么的全不要了，几乎等于净身出户。

那时不像现在，任你在世界的哪一端，猫在哪个犄角旮旯，手机一响，不用千呼万唤你就闪亮登场了，所以和粒粒有两三年断了来往。

她又出现在我面前的是有年夏天，粒粒的齐耳短发成了靳羽西那个发型，看上去很迷人，风情万种，军人气质荡然无存，声音低低的，很是磁性撩人。

偌大的古城居然没有一处咖啡屋或者茶馆所在，我偷偷溜出单位，和她一头钻进了电影院，什么片子早忘了，我俩只叙别后友情，听她讲"印度洋上的明珠"斯里兰卡岛国的风土人情，讲岛上的僧伽罗人和泰米尔人……那些异域风光令人陶醉。末了她说，跟我出去吧？

粒粒的父母亲在部队都是相当一级的干部，那时她已经结了婚，还没孩子；后来她又离婚，只身从斯里兰卡漂到澳门，在陆军俱乐部打桥牌时认识了她现在的丈夫，于是就重披婚纱，定居在葡萄牙粒粒的丈夫叫 ARMANOO·AUGUSTO·DECARVALIIO·ALVES·BARRIAS. 葡国语，我看得头晕，我说用汉字拼吧？她捂着嘴笑了半天，才给我这样写道：阿拉曼度·奥古史度·的卡拉瓦柳·阿了维史·巴里亚斯。那阿拉曼度是名，巴里亚斯是姓，我嫌麻烦，直接叫他老巴了。

老巴的父亲是葡国人，母亲是个英国贵族后裔。在这个环境中长大的老巴斯文儒雅，颇有贵族气派。论说头回见面，又是在中国，我理应尽些地主之谊，款待好客人才是正经，但老巴丝毫不管这些。他是男士，把女士照顾好是应尽的责任。一瓶德国猛士啤酒，只在杯中倾入一点点，一口喝完，再不厌其烦地倒，还那么一点点。豆腐丝每次用筷子夹起两根，最多绝对不会超过三根，一口酒一根豆腐丝吃得那叫一个精致。我说粒粒，你家先生这吃相也太有派了吧？粒粒笑得东倒西歪，说，他就这样，都是他母亲言传身教给英皇又复制出个忠诚的后裔子民来了。

老巴不懂汉语，在粒粒的帮助下，会说几个再简单不过了的单词，譬如你好、请、鄙人姓巴，哈哈，乱七八糟的。

老巴长得很帅，高个儿，腰板很直，金色的头发打理得一丝不苟，灰眼睛，看上去很诚实且有几分顽皮。他见我们笑，便晓得跟他有关，就耸耸肩，双手一摊，调皮地冲我们眨眼睛。

粒粒重新给他用英语介绍我，他站起来，冲我伸出手，用蹩脚的汉语说同志。吓我一跳，忙问粒粒什么同志呀？原来粒粒告诉他我是个党员，粒粒的丈夫是葡萄牙共产党员呢。老巴说一定要为我唱支歌——

《国际歌》！

他唱歌时的姿态我一辈子都忘不了，很严肃，严肃得近似于虔诚。他用葡萄牙语唱，我一个字也听不懂，可那熟悉的旋律居然如此令人热血沸腾，英特纳雄耐尔几个字在全世界任何一处地方、任何肤色、任何语种有此信仰的人们听起来都神圣无比且振奋无比。

我想想，这支歌，有多少年没有唱响了？记得还是大学时，声乐课的老师在讲述半音关系时，曾把《国际歌》作为示范曲子讲起过。世纪初，有次在恋歌房心血来潮唱过一次，再后来就是这个英葡血统的葡萄牙共产党员此时此刻的激情演唱了。突然，有种感动如潮水般涌将过来，我很认真地对粒粒说，谢你家先生啊粒粒。粒粒瞪大眼睛，不解地说：谢他？为什么？

我没有回答粒粒，有句话我怎么也不能说出口，我能说这首歌我很久没有唱过，词都快忘掉了，我能说吗我？！

此时，这家咖啡屋的背景音乐是神秘园乐团演奏的那首伤感的几欲令人自杀的著名乐曲，叫什么名字来着？忘了。

子秋的力量

陆子秋把自个儿深陷在沙发内，还在想刚才的事情。

新聘的这个小秘书，生生把事儿给办砸了。连这点事情也办不好，陆子秋恼火得只想拍桌子。

小秘书胆怯地低声说，我是照你的意思来的，可他们的条件和你说的不太一样。就，就有些僵了。

陆子秋说，别废话。

是。可你说过，必要时，我可以融通。可是，我觉得还没到必要的时候啊，或许我再坚持一下，就能为公司多争些利益的。

想法真不错，结果呢？陆子秋冷笑着。

结果，结果半路杀出个程咬金，让另一家公司抢了先。

让别人抢先的结果是，公司跟进大半年时间，却丢掉了百万元的订单，前期投入付诸东流。陆子秋痛心疾首。

小秘书可怜巴巴地掉着泪，躲进里屋再也不敢照面。

陆子秋也不知道自己哪来这么大火气，丢掉就丢掉呗，是你的就是你的，强求不得。这道理陆子秋懂。可是，近段公司业务进展缓慢，属下的人用着不顺手。几个秘书走马灯似的换，还是不满意。说起来都是大学本科毕业，关键时候，怎么就派不上用场？！陆子秋一着急，就对着小秘书发飙了。

看看表，十二点一刻，陆子秋定定神儿，怒气未息地走出办公室，路过小秘书的屋子，还听到她的抽泣声，陆子秋脚步不停进了电梯。

电梯里有个姑娘开口就叫子秋姐，子秋一怔。

姑娘皮肤微黑，额头高高的，眼睛很大，眸子如星，不但漂亮还有种说不出的韵味。细打量还是面生得很，子秋忙调动脑细胞拼命搜索终不得结果，只好尴尬地说对不起，眼生了。

姑娘咯咯一笑说，我是刘枚，小四儿呀，子秋姐不记得我了？

哦，小四儿？刘师傅家那个见人怯生生的四儿？

刘枚的父亲是陆子秋原来在小城工作的同事，刘师傅家的四丫头就是眼前的这个刘枚。

刘师傅不像别人爱好象棋麻将钓鱼喂鸟啥的，就痴迷一样，养花。说起来也不是什么名贵花，都是些海棠牵牛茉莉指甲草之类，好养，不费啥劲就能长得花红叶茂，可刘师傅就爱把不用怎么费事的花草费死劲伺候。

刘家单门独户，不大的院子里满是花花草草。老刘一天到晚除了上班就是精心侍弄那些花，当孩子养呢。或许是喜欢花的缘故，老刘家媳妇儿几年来就没歇过，一连串儿生下五朵金花。

为了伺候这些花草，五朵金花见天让老刘给支使得滴溜溜儿转。

这天，不知刘师傅哪根筋转得快了点儿，非让小四儿大热天到外面帮他捡点驴蹄马掌回来当花肥。

小四儿忙活俩时辰也没拾回一星半点，气得刘师傅大骂孩子偷懒不舍得出力。小四儿委屈地抽抽搭搭直抹泪儿。

算了，你们几个都过来。刘师傅把全家大大小小七口人的脚趾甲手指甲挨个剪了一遍，宝贝似的埋在那盆栀子里才心满意足坐在一旁抽烟。

陆子秋给刘师傅送君子兰，正好这会儿进他家门，见刘师傅家的五个丫头台阶似的站成一排，除小四儿外个个白净秀气。也怪，可就是小四儿那怯怯的眼神儿吸引了陆子秋。

陆子秋爱怜地把她拉到身边，说这丫头好漂亮真惹人待见。

小四儿听见有人夸她，而且还是个漂亮的大姐姐夸她，挂着泪珠的脸立刻绽放成一朵花。小四儿牵着子秋的手，屋里屋外不松开，几个姐姐冲她翻白眼她也不在乎。

陆子秋是来和刘师傅告别的。她说腻歪了整天看报喝茶的日子，要出去自己办个公司，闯一闯，看自己能不能做老板。

刘师傅说，子秋，我看你行。又对一群丫头说，你们长大也学学子秋姐姐，有志气，有志向。

陆子秋辞职去了南方，再也没有回去过。

小四儿说子秋姐，还记得当年你怎么夸我吗？那句话对我影响太大了。以前别人张口闭口夸我姐姐妹妹如何好看，唯独说我肤色黑好像是抱错了。我就很自卑，以为自己真的是个丑丫头。自从有个大姐姐当面夸我长得漂亮以后，自己觉得像变了个人，见天兜里揣个小圆镜，得空就照个没完，见人不再怯生了，从此蓝天白云，花香鸟鸣，心里一片灿烂。连我爸也说，以前没咋细看过小四儿，瞅瞅这丫头还是个黑里俏呢。

四儿你现在做什么？刘师傅还好吧？

我爸身体棒着哪，退休后全心全意地种花养草了。我上了大学，毕业分到机关，三年前我也学你的样，辞职自己开公司，经营的还不错。子秋姐，你当年的一句话让我找到了自信，原来我不比别人差呀。还是子秋姐欣赏我，你鼓励人的力量真够强大啊。

小四儿说，我现在对公司的每一个员工都很欣赏，决不吝啬赞扬，因为子秋姐让我在赞扬声中找到了自信。

陆子秋目送着小四儿渐渐走远的背影，突然笑了笑，一个转身又走进电梯。小秘书的房门虚掩着，陆子秋轻轻地敲门……

将军梦四题

天降大任于斯人

他是我哥的发小，父亲是陕北的老红军，母亲是山东的老八路，把两大省份整合到一块儿就是他的名字——秦鲁。

如果把我哥的狐朋狗友排排队的话，这个秦鲁理应打头儿。我不晓得他们有没有效仿桃园三结义点燃香烛，拜告天地，把自己的手指割破喝血酒，反正老在一起混。这群人中，数秦鲁和我哥份儿最足，恨不得合穿一条裤子。

秦鲁在我老爸他们眼中是个捣蛋孩子。他的名字形同虚设，我爸管他叫咣咣。咣咣是我们这儿的土语，就是吊儿郎当老没正经一门心思钻研旁门左道的意思。

渐渐地，咣咣的真名只能委委屈屈地在户口簿或者是老师的点名册上显示。户口本吧，经常被锁在箱子里不见天日；点名册更没用，学校早停课了，教室里脏得跟猪圈一样，黑板上写满了油炸这个火烧那个，点名册少皮没毛扔在墙角，秦鲁的名字再响亮，在我爸他们这些正统的老头子们的记忆中就此消失，张口就是咣咣、咣咣的，让秦鲁很没面子却又无可奈何。

我爸都不叫他秦鲁了，我们还等什么？从此，秦鲁这个名字再也无人提起。

那个是非混淆的年代，咣咣和我哥他们无学可上，闲着对他们来说简直就是受罪，不生出点事儿闹出个动静啥的对自己对这个社会都将是一种不负责任的表现。打架斗殴，偷鸡摸狗，扒墙头，堵烟囱……他们的这些作为被我爸痛斥为歪门邪道，可咣咣和我哥不这么想。咣咣说，咱从现在起就要使劲儿忙活点，老爷子们都是老革命，以后咱得接班当个将军司令啥的，最不济也要混个参谋长吧！顿时，"天将降大任于斯人"的使命感油然而生。

孟子绝对想不到，这句话让咣咣从此有了坚定不移的行为准则，敢情那些循规蹈矩的好孩子才不堪大用呢，咣咣和我哥他们觉得不能对不起孟子老人家。

咣咣说，今儿晚上月黑风高，哥儿几个得有个行动，把老爹的枪都偷出来咋样，敢不敢？谁要草鸡，趁早说话。

谁想当草鸡？我哥他们都是响当当的"铁公鸡"；当然，不是一毛不拔的吝啬鬼，应是火烧油烹刀劈斧剁经折腾的铁制公鸡。

于是，这个特别行动队就在当天夜里分别悄悄潜回家，又悄悄把各自老爹的手枪摸出来别腰上，在"三柏一顶"那儿会面了。

小城里有个无比神秘的地方就是这个三柏一顶。三棵双人合抱不拢的千年古柏一字排开，中间一棵高大挺拔，两边两棵相互依偎，树冠连在一起，像个大伞盖，由此得名"三柏一顶"。人们传说树上住有仙人，平日香火不断，树身系满了红布条，那些梦想招宝聚财，祛病消灾，避邪转运，祈子求福甚至还拖儿带女认树做干娘的人成群结队络绎不绝。

夜黑得像浸在染缸里的老黑布，咣咣和他的这个别动队从四面摸了过来，先是拍巴掌，学布谷鸟叫对暗号，然后把蒙着红布的手电筒无比警惕地晃了三晃，确定是自己人后才迅速凑在树下，把枪亮了出来。

每个人手上都有把沉甸甸的裹着红绸的手枪，打开来看，蓝幽幽的，冷气飕飕。蛇牌撸子，双笔箭，全是好枪——咣咣很老练，如数家珍。不过，我哥和大江拿的是空枪，咣咣的枪里却压着满满一梭子子弹。他得意极了，我哥和大江他们傻了眼。

怎么把枪偷出来的不说了，反正都是非正常手段。我哥偷枪时把我指使到门口替他把风，说是有人来就假装咳嗽。我紧张地站在门口，嗓子痒得要命却不敢有一点声响，我怕我哥说我假传情报，有负重任。至于咣咣，他有五个弟弟，这个家庭儿童团端着自制的红缨枪分别埋伏在门后，树旁，楼梯口，以保证咣咣从容不迫地偷枪并迅速撤离作案现场。

咣咣炫耀完了手枪，忽然问，想不想打一枪？

奶奶的，太刺激了。

走！

咣咣带着大家来到了一口枯井前。

谁先来？

哥几个都跃跃欲试又心中忐忑，没有人敢动子弹上了膛的真家伙。

咣咣刚寻思着要打响南昌起义第一枪时，就听"啪——"一声脆响。

闭眼捂耳朵的哥几个一愣，确定那声音不是枪声，而是从咣咣的脸上发出来的。

接着就是咣咣他爸的怒吼声：一群混蛋！

也不知谁走漏了风声，做了叛徒。哥几个立马抱头鼠窜，转眼就没了踪影，只有咣咣被揪着耳朵押回家中。

这件事的直接后果是，我哥被老爸按在沙发上胖揍一通，十天内只能趴着睡。大江躲在他家保姆胡大姨的乡下老宅里靠吃红薯土豆蛋撑了一个礼拜不敢露脸儿。咣咣的脑门儿上有俩鸽子蛋大小的疙瘩，很对称，就像他家藤架上悬着的紫葡萄的颜色，半个月都没见消。

老鼠夹子谁不怕

咣咣家葡萄熟了的时候，也是我最开心的时候。站在葡萄架下，看看葡萄，再看看咣哥脑门儿上雷人的大疙瘩，笑得我差点儿断气儿。我说哥，你趴在架子上，就变成葡萄精了。这话，让咣咣很受伤。

咣咣的老爸秦叔叔曾经是骑兵师的师长，所以咣咣打小就认为自己绝对能超越老爹是将军司令的材料，总爱摆出电影中军首长卡腰挺胸的姿态。为了先熟悉枪杆子，哥几个都把老爸的枪摸出去玩，结果是个个儿结结实实挨了顿胖揍。

皮肉之苦算得了什么？咣咣敢把压满子弹的手枪成功偷出，就冲这个也是老大。从此我哥他们甘心情愿俯首称臣，咣咣毫不谦虚地也把自己委任成秦将军了。

咣咣此举不光镇住了我哥和大江他们，还令小城内的几个痞子孩儿闻风丧胆。大院里的孩子们紧紧团结在以秦将军为首的别动队周围，显示出一种史无前例且空前绝后的亲密无间与同舟共济。

这个大院是小城的最高领导机关所在地。前面是办公大楼，经常有军用吉普出出进进；后面是家属区，一排排的平房同样的结构，门前，高大粗壮的梧桐树遮天蔽日；最后一排是仓库，农场里种的新鲜蔬果运回来后就在这里存放。传达室的老刘除了分发报纸外还兼着仓库保管，忠于职守，那些外来的孩子想混进去，一点门儿都没。

大江最先得到情报，跑步来向咣咣报告，秦将军，咱院仓库里又发现了新的给养。

啥？枪？

不是，是苹果。

一听说苹果，哥几个嘴里很不争气地淌下了口水。

咣咣说，大江，任命你为后勤部长，去，拿些苹果来犒劳三军将士。

大江就带着几个人去了。

过了一会儿，无功而返，说，不行，传达室的老刘在巡逻哪。

咣咣不屑地说，猪脑袋，知道啥叫调虎离山吗？看我的，本将军出马一个顶仨！

咣咣让几个孩子去传达室吆喝着拿报纸，老刘刚一挪地方，他和我哥就去仓库扫荡了。

外面的好说，本院的难防。咣咣的别动队破窗而入，没几天就干掉了大半筐苹果。老刘觉得不大对劲，那窗户看着关得好好的，手一推，立马洞开；再一清点实物，所有的东西都对不上数。

老刘问咣咣他们时，一个个铁嘴钢牙死不认账。

咣咣还说那是集体的财产，我们只能保护它。谁要是敢损害集体利益，那就是他小子活腻了。

老刘说，那仓库里的东西怎么会少？

咣咣说，肯定是老鼠。我家的肉包子就被老鼠偷走了不少。前几天，我看见这么大个儿的老鼠从我家哧溜跑出去了。咣咣信口开河，把老鼠比画的跟兔子一般大。

当仓库里的苹果又一次急剧减少时，老刘发飙了。

老刘也没啥撒手锏，只是把修好的窗户后面全摆上了老鼠夹子。结果如何，可想而知，咣咣们个个鬼哭狼嚎乱成一窝蜂。

老刘见到了手指红肿的咣咣，还故意说，这几天老鼠少多了。

老刘脸上有些黑麻子，不多，却醒目。老刘不觉得自己的长相对不起别人，倒是咣咣和他的别动队觉得老刘这模样实在是对不起他们。

于是，受了重创的咣咣们心有不甘，这刘麻子，手够黑的啊。

两天后，一张卡通画贴在了传达室的门上。老刘被丑化得不成样子，脸上的麻子放大了好几倍，满脸都是花的，头顶上都不放过，还歪歪扭扭地写上：

麻子麻叮当，跑步上茅房。一眼没看清，麻子掉茅缸。

——老刘肖像一张

　　咣咣的卡通画无师自通，堪称一绝。那个年代，张乐平已经家喻户晓，我们看着他的《三毛流浪记》长大，所以咣咣的卡通画再好也盖不过张乐平老爷爷。我挺替咣咣哥惋惜的，要是放在江山自有才人出的今天，早把张老爷子拍沙滩上了。

　　老刘清早起来一出门就瞅见这张画了。老刘没恼，笑得前俯后仰，小心揭下就拿着进屋了。

　　被咣咣派去打探的孩子叫四毛，飞快地跑回报信儿，咣哥咣哥……

　　咣咣照四毛屁股恶狠狠地踹了一脚。

　　秦将军，四毛赶紧改口，说老刘这人缺心眼儿，看着那幅画还美得跟捡了大元宝一样呢。

　　咣咣不信，我哥他们也不信。

　　不信你们去看看呗。

　　于是咣咣们就来到大院门前，踮起脚尖隔着传达室的窗户向里面看。

　　来来来，小兔崽子们进来进来。老刘招呼着，不敢进？

　　谁不敢呀，咣咣和我哥他们都大义凛然地进去了。

　　老刘也不知使了什么魔法，反正以后咣咣的别动队精心地帮老刘守护着仓库，丢东西的事再没发生过。仓库门上，有咣咣亲手画的卡通画，一条张牙舞爪的斑斓下山虎，吐着红喇喇的舌头，虎视眈眈，还写着几个稚气的空心字：信不信我咬你？

　　谁信呀，纸老虎一个！

　　你怕老鼠夹子吧？

　　老鼠夹子早就撤了！

山深林密根据地

传达室的麻子老刘不光分发报纸同时也负责看管仓库。

大院里以咣咣为首的别动队总是在老刘不注意时溜进仓库偷苹果吃，都是大院里的孩子，老刘也没啥高招，只好睁只眼闭只眼了。

有的孩子说拿公家的东西不好吧，让老爸知道了要挨揍的。

咣咣说，什么叫拿公家的东西？把仓库里的东西拿到自己家才叫拿。我们往自己家里拿东西了吗？没有！咣咣自说自答，总是有理。

老刘有老刘的办法，擒贼擒王，他把咣咣任命为守卫仓库别动队队长了。

帮老刘看管仓库后，那块儿地方就被咣咣称之为彼得格勒了。他俨然就是个将军，脖子上套个万花筒冒充望远镜，别动队的成员们在秦将军的指挥下，一律腰间别着木手枪，用墨汁染得乌黑，散发着阵阵难闻的气味，昼夜巡逻、换岗，煞有介事。

当然也要搞点军事演习，一些被迫扮演鬼子特务的孩子，被咣咣打得满身泥土。家长就领着孩子去咣咣家告状，咣咣在家里死等着老爸回来挨巴掌，而且挨老爸揍从来不跑，钢铁战士一个，然后鼻青脸肿着招摇过市，引来的却是孩子们的羡慕，尤其是女孩的钦佩目光更让咣咣得意，恨不得横着走。

有的孩子口馋了，说秦将军，能不能再让我们接班人吃几个苹果？

咣咣背着手，仰首望着远方操着湖南话说——当然是模仿：老人家说过，锦州那个地方出苹果。辽西战役的时候，正是秋天，老百姓家里有很多苹果，我们的战士一个都不去拿，不吃是高尚的，而吃了是很卑鄙的，因为这是人民的苹果。

咣咣模仿能力超强，湖南湖北山东山西甘肃宁夏广东广西等，我除了没听他说过土话以外，其他地方的话他都能摆活，惟妙惟肖以假乱真。

别动队员们不敢再提苹果的事儿了，老人家的话敢不听？谁愿意做个很卑鄙龌龊的人啊。

忽有一天，呲呲和他的别动队突然失踪了。当然，这是在仓库被腾空之后。

家长们急了，互相打听着，可谁也不知道消息。

秦叔叔找到我爸，我爸找到我，厉声发问，你哥他们哪去了？

我怎么知道？我委屈极了，他们这次的行动严格保密，瞒着我哪。

老刘来家里送报纸，说呲呲曾问过他，山章是座山吗？还问怎么走。

城的最南边有个山章村，紧靠着村子就是牛心峰，重峦叠嶂，千沟万壑，溪水荡漾，古木参天。有处地方最为险要，可谓一夫当关万夫莫开。

大江他爸以前在山章打过游击，看来这些熊孩子极有可能跑那里体验生活过将军瘾去了。

秦叔叔把桌子一拍，说什么将军？这叫拉杆子。奶奶的，一伙小土匪。

找吧，不敢怠慢，毕竟是一群胆子大年龄小的毛孩子。

公安局也被惊动了，开着警车一路呼啸着来到牛心峰跟前儿，正规军民兵都出动了。

呲呲带领别动队出发时非常豪迈。他站在千年古柏下作动员，说我们要去山章开创根据地。山章是个好地方，山高林密，丰衣足食。谁要是怕吃苦，现在就滚蛋。谁是胆小鬼的请举手。

当然谁也不会举手当胆小鬼被大家耻笑。

目标，山章，出发！

第一天，别动队员们是快乐的，像出笼的鸟儿般活跃兴奋，一路唱着《大刀进行曲》，好像进山真的要去跟日本鬼子拼刺刀。

山里的确好玩，树高草深藤密，鸟叫虫鸣蝶舞，不时有野兔山鸡蹿出，一群毛孩子大呼小叫，每个人都用野草编制了伪装帽。咣咣也不知跟谁学的，竟然编了双草鞋穿上。他把一双军用鞋别在腰后，拿着万花筒改作的望远镜，指挥着自己的部队冲啊杀啊地胡折腾。

天黑了，玩累了，孩子们把带的干粮吃完了，才觉得玩得有点过，想撤时发现根本找不到回家的路了。我们迷路了！咣咣却依然显得很兴奋，他和我哥找到个山洞，把别动队全带了进去，还派人轮流放哨。

喝山泉水，吃野果子，挺了整整三天，搜山的民兵才在一个山洞里找到他们，一群孩子丢盔弃甲，东倒西歪，唯有咣咣倒驴不倒架，保持着将军应有的姿态。见呼啦啦进来一干人，赶紧一个卧倒，还把万花筒举到眼前，说，哪一部分的？口令！

秦叔叔一巴掌打掉了他的"望远镜"，抓起就扔山涧里了，咣咣和我哥他们威风扫地，欲哭无泪，大气儿也不敢出。

进山建立根据地的计划宣告失败，咣咣做个将军的梦想灰飞烟灭。

请君为我侧耳听

咣咣和我哥喝酒时，常常说起这段往事，怀念那个无忧无虑敢说敢做的童年岁月和将军情结。

他提起那时候的事情来总是连连摆手，说幼稚。

咣咣十六岁进厂做了工人，整天跟机床打交道。

做工人不是咣咣的终极目标，他还是继续着他的将军梦。

咣咣不是没有机会当兵，那年接兵部队来的人是秦叔叔的老部下，带走几个人又有何难？可是秦叔叔被打成走资派了，门口糊满了大字报。咣咣政审过不了关，只得虚报年龄进厂当了工人。我哥和大江还有以前大院里的别动队成员们似乎在一夜之间都成了狗崽子，一个也当不了兵，于是插队的插队，招工的招工，相继离开了那座小城。

最令咣咣欣慰的是我哥和大江也来到他所在的城里，虽然当年的别动队员们天各一方，可是三个死党又能常常聚在一起了。

咣咣和我哥都迷上了围棋，经常见他俩在大树底下摆开阵势，纹枰手谈，对弈正酣。

我哥下棋时颇有君子之风，凝神沉思，每步棋都走得很有章法。咣咣相反，他经常是放着凳子不坐，偏偏脱只鞋垫在屁股底下席地而坐。大江说你干脆把两只鞋都脱了，把自己整成个赤脚大仙多美呀。咣咣就把另一只鞋子脱掉，瞄准大江就撂过去了：闭上你那臭嘴。话和鞋子同步，一股脑儿地砸向大江。

观棋不语真君子，大江闭上臭嘴了，下棋人咣咣的嘴却滑丝了，一会儿延安保卫战，一会儿彼得格勒保卫战轮换着来，也不知道他国际国内的能打多少个战役。这还不说，明明落子生根，他却飞快地捡起棋子说不算不算重来，同时把"敌进我退，敌来我扰，敌疲我打"的游击方针滥用到每步棋中。我哥说，每次和他下棋，都会让他那个破嘴给聒噪得云里雾里，头懵得慌。

将军是不是都这样下围棋？我悄悄地问咣咣。他说，丫头片子，你拿你哥开涮吧。这臭棋篓子我做不了，可指挥一场战役那没说的。

还真让咣咣说中了，一场战役悄没声地来临。随着运动的深入，我爸突然就成叛徒了。当年，打进敌人内部开展工作是按照地下党指示行事的，我爸的警卫员原叔叔最了解情况。可他远在云南，怎么也联系不上。

我哥心急火燎找来咣咣大江商量如何行事。咣咣沉思片刻，镇静地说了个一二三，一二三里面还有一二三，面授机宜如此这般……

咣咣这会儿就是指挥彼得格勒保卫战的将军。他把厂里的工友们都组织起来，趁着夜色，化装成红卫兵把我爸接到了市里，藏在他们厂的一座将要竣工的大楼里，还把他的人分成三班倒埋伏在楼四周，二十四小时重点保护。他自己在顶楼搞了个指挥所，做了个简易沙盘，把遇到不测时能全身而退的各个楼梯口详细地标注清楚。一条军用毛毯把只有三条腿的桌子遮盖个严实，不知从哪弄来一张世界地图紧紧地粘在毛坯墙上，还装备了一部真的望远镜，比起当年看守苹果柿子时正规多了。

楼下空地上扯起一块儿宽银幕，今晚上映《地道战》。

咣咣担心晚上人多出现问题，除了更加上心守护，还吩咐我爸一直开着灯，若有情况，熄灯报警。这颇有点摔杯为号或者地下党在窗户边放花盆挂扫帚的意思。

当银幕上的胖司令谄媚地对日本人说"高，实在是高"时，我爸藏身的屋子里灯突然灭了。咣咣猛地起身，打了个响亮的呼哨，埋伏在楼周围的人手持棍棒呼啦啦冲上了楼，咣咣摸黑冲在最前面，一脚踢开了房门。黑暗中，我爸安静地坐在床上，说咣咣，这灯泡怕是烧了吧？一场虚惊。

后来，造反派不知怎的知道了我爸藏身的地方，开着汽车来揪人。咣咣俨然是个将军，指挥若定，我哥、大江和他们的朋友们里三层外三层的就把那些造反派给围住了，僵持了大半天。当那些人知道领头的是当年带着孩子们进山开创根据地的咣咣秦将军时，就灰溜溜地滚蛋了。

我说咣哥真像个大将军，就是那一声呼哨不像。

我哥问像啥？像劫富济贫的响马，抑强扶弱打抱不平的山大王，哈哈。

咣咣指挥的保卫战告捷，他掂了一瓶酒就和我哥、大江冲上了楼顶，大声吟诵着浪漫主义诗人李白的《将进酒》：

君不见，东去列车夜长鸣，奔入暮色不复回。

三人相遇须尽欢，莫使士碗空朝天。

天生我材必有用，千金散尽还复来。

美酒大菜不足贵，但愿醒来再喝醉。

余谋士，罗军总，将进酒，杯莫停；

与君哼一曲，请君为我侧耳听。

大罗马，小永久，呼儿将出换美酒，与尔同销万古愁。

余谋士是我哥，罗军总是大江，咣咣俨然以将军自诩，乐府诗被改得乱七八糟。

这是咣咣版的《将进酒》，李太白听了，高兴还是不悦，得两说。

荒诞麻辣烫

开篇有必要叮嘱：千万别当真的听！

要迷路，挡不住

老装就是庄子学，一直被我们叫成老装。究其原因，是他老兄不打自招，把庄子学这个好端端的名字深度演绎：嗯，那就装着学吧……

既然装着学，还留下一串儿圆溜溜的省略号，这就很是令人遐想无极限了。

如果不往深处想，对不起他。那么，允许想象和允许虚构似乎就成了责任。于是，遂成此文，向庄子学先生致敬！

话说那日，当老装从崂山边防所滚爬摸翻披荆斩棘下来后，就彻底迷路了。如果要有一百个人迷路，老装他也不应该迷路。可是，老装要迷路，神仙都挡不住。

有人糊里糊涂发问：老装谁呀？额滴神，你不是90后或者00后吧？

老装，N年前就叱咤江湖带着一干弟兄出生入死在南疆红土地上混了。那时的老装绝对老大，公开身份是JFJ炮兵主攻营营长。有一帮人忘恩负义极不顺眼，老装和老装的部下瞄都不带瞄，一炮就把那些鸟人撂翻了。那火光和着烟雾极绚丽极妖媚地一闪，啥都找不着了，连气味都没……据说，有许多这样的倒霉蛋儿让老装干净利落不留痕迹地给收拾了；可这时，老装居然晕头转向原地走起八卦蛇形连环步来了。

其实，老装一向很沉着，当然，嘴也严实，搁战争年代，要是被鬼子抓住，七十二般酷刑用尽，也彻底问不出口供来。不过，美人计除外，怕是圈子内上至刘建超老枪蔡楠，下至王二小雨来都会坦白出去，这招对老装特别好使。

还是同行的老巴善解人意，变戏法儿似地拿出指南针罗盘仪作战地图，没想到老装轻蔑地说这些都是20世纪淘汰了的装备，谁用谁算是笨到二姥姥家去了。

说起来这老装也是个有脾气有性格的人，他深沉地说老巴呀，咱要紧跟时代的步伐。老巴说那是那是，咋跟啊？眼下找不着个准地儿，想紧跟，可要弄清时代在哪个方向吧？只见老装伸出一条胳膊来，四指弯曲，竖起大拇指，使个木匠单吊线，瓦匠测水平。左眼闭右眼睁，折腾半晌不管用。老巴那个急呀，说：赶紧把你的尖端武器使出来吧！老装说好，扔鞋。老巴大为不解。

只见老装把自己的鞋子脱下一只来，平放手中，相面似地端详许久，口中念念有词。老巴觉得新奇，侧耳细听，无非是菠萝菠萝蜜什么的，后面几句似乎是大英帝国郊区方言大杂烩……这时老装对着鞋吹口气儿，猛然向上一扔，"曰"一声，那鞋在空中翻了几个筋斗，如乌鸦收翅般地稳稳当当落地上了。

从鞋子脱手升空那刻起，老装就把一双眼睛瞪成了探照灯。见落了地，立马一个卧倒，那身手，不愧是正规军，整个一训练有素，啧啧，不服不中。

老装卧倒不是发现敌情了，而是便于近距离观察。这会儿，老装就像只金蟾似的紧紧贴在地面上，敛声屏气全神贯注观察了一袋烟的工夫后，一个鲤鱼打挺，紧接着又个旱地拔葱，把鞋往脚上麻溜儿一套，打个响指，把手整成个八字，挺进大别山似地说：按鞋尖儿指的方向，走！原来，这就是老装最强悍的测向利器。

据说老装这一手扔鞋辨向的绝活儿基本上快失传了，老装说这趟差回来就准备着手把这个项目作为非物质文化遗产申报上去。抢救濒临灭绝的传统玩意儿，义不容辞且刻不容缓啊。

此刻老装认准的方向，不是客栈更非驿站，可老装怎么就陡然精神了呢？那步伐，直走的意气风发斗志昂扬。

太阳不知什么时候隐遁在大山背后了。老巴说，从傍晚到天黑，好像有匹白布投入染缸是吧？老装此刻诗兴大发，说你真没文化，应该像墨染的绢帛，就那样一点点地洇、一点点地终洇成了黑色……老巴不做辩解，心说你就酸吧，请继续……老巴有时很绅士。

忽地，没来由地刮起了一阵风。有句话咋说来着？要行还是顺风船对吧？于是人借风走，风推人行，时候不大就来到一个叫作翠云古镇的地方。

这翠云古镇兼有山城之貌，水乡之容，正所谓水随城在，城依水存，人间天堂一般。可知这一方水土养一方人，男人粗犷豪放勤劳勇敢，姑娘们更是婀娜多姿娇媚多情。这时候，原先一头雾水的老巴方知老装那股子抽鸦片样的精神头源自何来了。

过去说书人爱来这么一句：有话则长，无话则短，俺不妨也借来一用。且说这老装老巴见天色已晚，随便找个地儿就安歇了，一夜无话。

盖世神功太极操

次日清晨，老巴睡得正香，忽被手机铃声惊醒，探手取过一瞧，原是一则短信：俺面对白水河打了一通太极拳，爽死！忙起身往老装床铺上一看，空无一人，方知老装闻鸡起舞去了。

白水河打翠云古镇中婉蜒而过。清晨，水面上雾气升腾，古镇在晨雾的笼罩下呈现出黛色。岸边，绿树环堤，景色如画；更有那美女如云，或浣纱或汲水，莺声燕语，婉转清脆。此刻，老装身着白衣，胸前还绣了两条张牙舞爪黄灿灿的蜈蚣，自我感觉良好地站在最显眼处——注意，是显眼处，决非现眼处，一遍又一遍不厌其烦地比画着他独创的庄氏四式。

其实，他的庄氏四式就是从陈氏太极二十四式演变而来。

说是演变而来，实在是抬举了他。据知情人透露，老装的太极拳是由一位名叫田野的高人传授的。本来田大师想把二十四式倾情传授，因为能把陈氏太极无私传授同时发扬光大也是田野大师毕生之追求。初时，大师授艺情绪高涨，不想几招下来居然让弟子老装整得快没脾气了。

绝不是老装天性愚钝，而是他无论做人还是做事力求认真严谨一丝不苟。这么说吧，譬如田大师让老装两脚自然分开，老装就虚心地问：分开多少公分？大师说自然分开，有点距离就成。老装又说到底几公分？也怨田大师那天一时疏忽忘了带尺子，自然说不出准确距离。于是就说一尺左右吧。老装又锲而不舍地问，到底是多少？你这一左右可以理解为约等于，这约等于就不是精确数字，不是精确数字弟子我如何拿捏准分寸，拿捏不住分寸动作难免不算规范，不规范就学不好陈氏太极，学不好陈氏太极就怎么怎么……我天，此时的老装简直比《大话西游》里的唐僧还唐僧，絮絮叨叨滴直把田大师问得头大。

再譬如田野大师说让他双腿自然弯曲，右手高左手低成抱球状。老装说抱球？抱啥球？篮球足球乒乓球？大师一听，心说弟子可能在体育运动方面，理解能力与领悟能力有点小障，可以谅解，于是灵机一动，将球比喻成了西瓜。一般说来，老装对可口美味的东西比较开窍且能灵感突现，谁知这回出现的情况属于二般。老装一脸忠厚很是认真地紧着追问：大西瓜？小西瓜？还是半大不大中不溜儿的西瓜？田大师一听，眼冒金星，觉得找这么个弟子是自己此生最失败的选择；再这么教下去，自己差不多都快疯掉了。所以，勉强教了四式后赶紧收手撤退，远离尘嚣找了一处清净所在修复自己将要崩溃的神经去了。

大师不在的日子，老装的想象力与创造力发挥到了极致。从此，老装不受约束，如鱼得水，硬是将陈氏太极二十四式删繁就简高度浓缩为太极四式，并且又将这陈氏太极的风格精要在想象中发挥与培育成了威震江湖独特新奇自成一派的庄氏太极操。

闲话少叙，言归正传才是正经。

眼下，老装正在一群古城美人的热辣眼神下，把个庄氏四式打得行云流水出神入化潇洒飘逸妙不可言……（以下将描写老装太极操的溢美之词忍痛省略三千字）

其实，有关太极拳的基本要领有不少规定，单说这眼法要领就有些许讲究，比如要眼神领先、眼领手移、目有定向等等；可庄式太极操就不同了，就四式，尽可以眼观六路，耳听八方，三心二意，七荤八素，左顾右盼，魂不守舍，无中生有……

突然，一绿衫绝色美人迎面朝老装跑来。刹那间老装脚步凌乱，气息不匀，太极操顿时乱了章法。只见绿衫美人在老装面前站定，粉面桃红，娇喘吁吁，伸出纤纤素手便捉住了老装的胳膊，这时老装三魂六魄俱已出窍，几欲昏倒。倒是老巴眼疾手快，拿出百米冲刺的速度一把扶住了老装。那美人转身招呼其他姐妹，说了句让老装今生今世都倍受摧残痛不欲生的话：呀呀呀，这个胖哥哥怎么跟挨打了一样啊?!

你道如何？原来老装从崂山卜来时，两条手臂被荆棘挂毛了。何为挂毛？画外音：挂毛即为挂花，挂花就是挂破。

老装听罢此言，痛苦得要死要活，于是一反素日貌似忠厚温文尔雅之态，挥舞着挂毛了的手臂大声吼道：

我，我，我……我——我——我——我（音效，下略）

愤怒向天歌……歌——歌——歌——歌

悲催的老装一连串嘶哑惨烈地发问，只惊得天地失色，日月无光。翠云古镇上空回音飘荡，悲怆的声音惊飞了树上的雀鸟……

各位，说书的有兵赞马赞枪赞，哪位大侠若有兴趣的话不妨也整个庄赞出来，俺这厢先胡诌两句歪诗暂且为其存照：世间多情数老装，自此花名天下扬。

教我唱京戏吧

认识良子实在是个意外。

我那时住单位的筒子楼，邻居天津张，以前在石门山当兵，会唱京戏，经常在楼道里唱《四郎探母》中的老生唱段：杨延辉坐宫院自思自叹，想起了当年事好不惨然。我好比虎离山受了孤单，我好比南来雁失群飞散……也不晓得他自思自叹惨然孤单个啥。

良子家就住在风景秀美的石门山，当时天津张整在部队擒拿格斗搞训练，惹得一群孩子羡慕不已，良子就是那时和天津张热乎上的。

石门山人并不把良子看作是好孩子，他时常惹是生非，在街上一群赖孩子中是头儿，当然，这是良子赤手空拳打拼出来的。软怕硬，硬怕横，横的怕不要命，良子打起架来就是那不要命的。

卤水点豆腐，一物降一物，天津张就是卤水，专点良子这块豆腐。天津张在良子眼中是绝对的老大，无论说什么，良子都屁颠屁颠地应承，一点都不犯蹿。良子的妈说要不是遇上了天津张，良子这孩子早早就毁了。那时，我还不认识他，这些事是听天津张说的。

夏季里的一天上午，有个黑大个儿来找天津张，一见面，就激动地抱住天津张，说几年了，好不容易联系上，无论如何也要喝一次。可不知为什么，天津张很冷淡，说中午有事不能相陪，黑大个儿搓着手一脸尴尬。可巧让我碰见，就跟天津张说有事你忙去，客人我来招呼。

就这样认识了良子，以后他带着媳妇敏敏来我家走动，亲亲热热地说这是我姐，我亲姐。

良子问我，姐你喜欢花不？我说喜欢啊。

不知姐喜欢什么花。我说月季，这花有意思，花开时给人惊喜，花落能让人期待，等候的过程总带着美好的希望。月月如此，日子就不觉得乏味了。

这是闲话，我也就随便说说。谁知次日清晨，良子就送来两大盆盛开的月季花，清香袭人。我惊喜地说良子你从哪弄来的花呀，漂亮死了。良子淡淡地说，偷的。昨晚值班，从公司里倒腾出来的。我吃了一惊，天，你怎么这样，多不好！

他说姐你放心吧，我隔墙头弄出来的。这么说，良子把花偷出来还有同伙接应啊，这叫什么事儿呀？搞得我看见那两盆花就觉得自己也跟良子是一伙的，月季花的刺不光扎手，还扎心。

天津张说，红酒，这下你明白我不想搭理他的原因了吧？这孩子啥时候也改不了他的顽劣性情。

良子有毛病不假，可他并不烦人。他来我家蛮有眼力架，看见什么活儿抓起就干，一点也不把自己当外人。我儿子见他来，就变成膏药了，贴着他转，叔叔长叔叔短的，那个热乎劲儿我看了也感动。

日子就这么一天天地过着，只是有段时间良子没来了。他整天在人眼皮底下转也没啥，没来我倒有些不放心。果然，良子出事了。

我见到良子时，他头上一圈又一圈的裹着厚厚的纱布，胡子拉碴的，模样有点小恐怖。

我把袖子一撸，问他怎么这副形象，谁干的？

他狡黠一笑，说我自己。

喝多了碰的？他说不是，我嚷着要他快说快说，别卖关子。他一把就把纱布给扯掉了，我凑到他跟前仔仔细细瞅了半天，才发现有个小疤。他说姐你别看了，早就好了。那你搞得这么夸张有意思吗？他说，只要有病假条就可以泡病号，不上班，想干啥干啥。

什么人吧！原来下棋时他说人家悔棋，太不君子。那人一气之下掀翻棋盘，良子恼了，从地下捡起块儿砖，啪一声拍在自己头上，血顺脸流下。他把脸一抹，立刻成了夜叉，悔棋那人落荒而逃。我说良子你这一套不光彩，典型的市井泼皮小混混你知道吗？

良子一笑，不以为然地说，姐，要是打了他我还得给他出医药费，我拍我自己总可以吧？这一招镇住了不少人呢。哎姐，有人欺负你没？要是有人敢欺负你，尽管给我说，兄弟我替你摆平。还没等我出声，他又说姐，你要是看谁不顺眼，也给我说啊，打不死他也要废了他。

奶奶的，我成啥了？有那么差窍吗我？我下决心以后少理他。这人，不一定啥时给你戳个大窟窿呢。

天津张又在楼道里"自思自叹惨然孤单"了，听着听着，我突然对他说，咱都不理睬良子，他会不会觉得备受孤单就像飞散的南来雁呢？

良子果然就像只失散的大雁音信皆无，对此，我常常会自责。人都有自尊，他那样做了，我可以婉言规劝，冷个脸子对他，良子会不会觉得特没面子？

一晃几年过去了，良子中间有过电话，说他辞了职带着媳妇在西部混。人家都是跑沿海城市发展，那是特区，商机多得是，良子可好，跑圣地去了，开辟红色旅游线路？搞不明白。不过也好，知道他的下落了，好男儿四海为家，只要正干，哪哪都成。

想不到良子真的干出了名堂，他做了一家什么油的总代，事业顺风顺水红红火火，成了那里小有名气的企业家。

良子回来探亲，选了家最有名气的酒店请客，我和天津张都去了。他一看见我俩，赶紧起身说姐，我真不是炫耀啊，我的本意是想借此给姐长个脸，做了那么多没面子的事，姐跟着我操心了。

几年不见，良子胖了，脑门上又添了一道很长的疤，斜斜地掠过眉梢。我心里一紧，没敢问，我猜想，这几年他在外面打拼，除了不易之外，或许在心智上也同样经历着一些磨难。

良子突然对天津张说，你教我唱京戏吧？就"四郎探母"自思自叹那段：我好比虎离山受了孤单，我好比南来雁失群飞散……

满城花香惹人乱

　　尤佳会在那一刻突然凌乱。

　　她说不清也不晓得自己为什么一刻也不愿待在家里，不是寂寞更不是孤独。

　　依在窗前放眼望去，窗外仍是高大骨感尚在孕育绿色的法国梧桐，几只鸟儿在树干上无聊地张望。房间里虽有紫色的蝴蝶兰，妃色娇艳的观赏桃花，红得抢眼的火炬花与尤佳忠实相伴，可尤佳还是要匆匆地逃离这片虚拟的春色。

　　初春的天依然冷，虽说无风，尤佳心头仍有阵阵寒意掠过。随着尤佳急急的步履，衣裾高高地飘起，如同尤佳此刻的心情一样无法抚平，脑海里空空的如同盲区，看不清脚下的路。一个趔趄扭伤了脚，尤佳痛地抽着冷气满眼盈泪扶着树身站立了许久许久。痛了，就知道自责了，尤佳心下直怪自己怎么这么不小心轻易就被弄伤了呢？

　　尤佳忍着痛下意识地来到了这家熟悉的咖啡屋。不晓得从什么时间开始，尤佳把这里当作可以避难的所在和心中的故园。拾级而上，就在楼梯拐角处，耳边总会传来那个熟悉的声音：嗨，尤佳，你好。又惊又喜地回头望去，却空无一人。

　　还是那个临窗的卡座，还是那牙白色打着漂亮蝴蝶结低垂着的落地窗帘。铁艺花瓶里被清水拥抱着的玫瑰娇艳欲滴，酷似人体造型的蜡台里漂浮的红烛摇曳不定。望着舞动着的烛光，尤佳毫不犹豫地吹灭了它，尤佳讨厌它不符合自己此刻的心情。

尤佳伸手把那支红玫瑰拿在手里。花在尤佳白皙纤长的手指中，娇怯怯地缩着尚未完全绽放的身子。未来得及拥抱春天便被人采来观赏，不知是花的幸事还是花的悲哀，尤佳幽幽轻叹一声。

那年也是这个季节，满城人都被花香迷惑得如痴如醉，可尤佳似乎无来由地陡添伤春之意。当眉宇间如烟轻颦的尤佳出现在一家花店门前时，却与手捧着一大束火红玫瑰的安然撞了个满怀。安然慌忙向面有愠色的尤佳赔不是，顺手把怀中的玫瑰送给了尤佳。尤佳抬起头，与安然鹿一样温和的眼神相撞。尤佳认出他是某市应邀来古城举办个展的画家，昨晚电视中有个专访。

安然邀尤佳咖啡，尤佳没有拒绝。若有若无的音乐像原野上的风，软软地飘荡在咖啡屋的每个角落。尤佳一身松松垮垮的暗花棉质长裙，大大的绿松石耳环，皓腕上有只藏银龙凤镯。安然说尤佳的装束颇具波西米亚风格，女人若是这样装扮，能在刹那间变得超凡脱俗清傲如霜。尤佳淡然一笑未置可否，看着杯子里黑黑的碳烧，打开一枚奶粒。当白色的奶液倾入杯中与褐色的咖啡急剧相拥的那一刻，尤佳有种莫名的感动。

尤佳说起村上春树的畅销书《萤火虫恋歌》时自有一番道理，她说她无比喜欢村上春树的作品，先别管这部书的故事内容，单听书名足矣。萤火虫恋歌——我就是萤火虫，我就是打着灯笼回家的萤火虫姑娘。安然并不插话，只品着碳烧微笑着静静地听，鹿一般的眼神温柔地注视着任性的尤佳。

苦涩之中有着无穷回味的炭烧咖啡在尤佳和安然之间演变成为一种约定，一种守望。情人节这天，安然披一身雪花带着他的画捧着一大束炫目的红玫瑰从另一个城市匆匆赶来，尤佳又惊又喜地接过花并急切地打开那幅题为《紫梦来兮》的朦胧画作，好像真的变成了一个挑灯踏月追逐清风的萤火虫姑娘。那一刻，安然恍然明白，尤佳是个宁愿一辈子活在童话世界里的女人，他希望尤佳能回到红尘中来，可尤佳做不到。

白衣红格裙极具苏格兰风情的侍应生瞪圆了眼睛看尤佳，尤佳无论如何也想不到她怎么会用这样的眼神儿看人。顺着这个可爱女孩诧异的目光，尤佳看到咖啡台上有一团揉碎的红玫瑰……尤佳慌乱地起身。

不会的。记忆中安然送的那束扎着粉色缎带已经干枯了的玫瑰仍被爱花的尤佳精心收藏，这会儿怎么无意中毁了一朵可人的红玫瑰？

对不起，尤佳无可奈何地叹口气。

侍应生摇摇头轻声说，你不是故意的。

突然，像是被人触动了心底最柔软的那个地方，尤佳感觉鼻子酸酸的眼睛很潮很潮，忙借口上了化妆间。就在转身的那一刻，尤佳泪如泉涌不可自制。

尤佳看着镜子里自己满脸的泪痕，觉得这副模样好丑，于是，掬起一捧水泼在那面镜子上，顷刻间那张面孔变得斑驳不清支离破碎。

尤佳低声告诉那姑娘，要将这碎了的红玫瑰带走。她疑疑惑惑地看着尤佳红红的眼睛照着做了。尤佳捧着这已成碎片的花瓣，如同捧着一颗破碎的心。

步出咖啡屋时，尤佳被强烈的日光刺得睁不开眼。什么时候天已放晴？尤佳环顾四周，大街上，身着短裙光腿穿前卫的平底软靴的靓丽女孩与春光争奇斗艳，孩子们快乐地吹响柳笛在人堆儿里钻来钻去，没有人注意到一袭黑衣惨白着脸捧着花瓣的尤佳。

尤佳抬头看看天，天空明净的如同洗过一般；看看路边的柳树，早已被一团鹅黄笼罩得严严实实。尤佳呆立着，似乎明白了什么，看着手中凌乱不堪却依然红得炫目的花，手一扬，那些玫瑰花瓣飘洒如雨，极优雅地散落在了身后。

凌乱的尤佳想不到治愈自己竟在一瞬间。

上海故事

我突然想闪婚，这种很强烈的想法是我又见到枝枝以后。

一年前，我和枝枝都在这家公司上班，我做总经理助理，她做营销，每个月都有不俗的业绩。枝枝高挑身材，长发飘飘，五官长得很开，尤其从侧面看，像美术馆陈列的石膏像古希腊女神。

当我一百○一次对着镜子仔细地端详了自己毫无特点的鼻子眼睛后，越发认定了枝枝的美丽。不过，我对枝枝绝对不是嫉妒恨，而是实实在在的羡慕。一个女孩，有美丽的面孔，傲人的身材，不俗的装束，在这栋写字楼里，理所当然是大家的宠儿。

可是，问题出在枝枝结婚有了宝宝以后。

以前我和枝枝都觉得女孩子早早结婚不好，自己还没充分享受单身一族的快乐就被人死死管着，太悲催了。

我俩给自己设计的幸福生活是从三十岁开始，二十九岁时要先盯死一个意中人，然后闪电结婚，婚了就快速生宝宝，过上几年相夫教子的日子再接着做自己想做的事情。枝枝说她想开个不大的咖啡屋，自己亲手煮咖啡，还说她有个小秘方，能让炭烧咖啡的味道盖过城内所有的咖啡厅。

我说你开你的咖啡屋，我得有个小酒吧，精心调制出"爆炸""红粉佳人"这样令人听起来就震撼的酒品来。盘算的蛮好，可让枝枝给打乱了。

枝枝在总公司组织的一次野战培训拓展中认识了个高高大大的上海男孩。她认为这是上帝送给她的最奢侈的礼物，于是相见恨晚，双双坠入爱河，紧接着就闪婚闪孕闪生。在枝枝经历了一连串的闪后，就变成了另外一个人，我们都觉得她很陌生奇怪。

每天公司打卡，已身为人母的枝枝一点也不从容，历来都是以百米冲刺的劲头冲过来却还是排在最后一名。长长的头发在脑后随便一挽，显然是粗枝大叶压根儿谈不上精细。素面朝天不施脂粉，却没有清水芙蓉的清丽。不化妆也就算了，关键是枝枝对自己的装束也不负责任起来，扣子居然会系得差三落四。

保安黑子经常指着枝枝说：瞧你，起五更了吧？可悲的是枝枝还不解其意，她不晓得起五更是啥意思。黑子说俺以前在老家割麦子时，都是起五更踏着露水听着布谷鸟叫到地里去的，睡眼朦胧，往往会把衣服扣子对不齐。枝枝听了大笑，一点儿也不介意。

那天，总经理刚从香港回来，一进写字楼就先盯上枝枝了，面无表情地说，枝枝呀，来一下。

说起来真是好笑，枝枝从我身边飘过的时候，我正低头忙着整理资料，记得她还说了句：亲爱的，总经理不是要给我加薪吧？我随口说，别美了，指不定炒你呢。

事后，我很想抽自己，怎么像个巫婆似的？乌鸦嘴呀。

枝枝进去后，总经理只顾着打电话，好像是个国际长话，足足说了十五分钟。枝枝就那么站着，因为总经理根本没有示意让她坐下。好容易放下电话，总经理边转动着椅子边说枝枝呀，搞营销经常会跟客户打交道，当你准备见你的客户时，一定记着要先照照镜子，看自己的衣服穿的对不对，扣子系好没，尤其是脸，别让人一见，说枝枝你早餐吃的是鸡蛋。枝枝的脸"腾"一下红了，枝枝的早餐正是一口咬下去能淌汁子的单面煎蛋。

以前总经理也说"枝枝怎么变成这模样了？水样的女孩结了婚就变

成了泥巴。你告诉她，公司还是要有形象的，她这个样子，怎么出去做营销？再这么不修边幅让她走人"。我还以为是玩笑话呢，其实这些小事情真不需要总经理亲自对枝枝说，不晓得他为啥要事必躬亲。

枝枝脸上早就挂不住了，她开始抹眼泪。总经理一点怜香惜玉之心都没有，火力依然不弱：你以为出去仅仅代表的是你枝枝本人？会丢公司的脸你知道吗？营销部近段业务没有起色你枝枝要负主要责任。

枝枝从总经理室出来后红肿着眼睛找我算账，咬牙切齿地说，还加薪？加你个鬼吧。让你说着了，他恨不得赶我走呢。我内疚之极，想劝她，又想不起来合适的话。

不久，枝枝就离开了。公司又来了个新潮女孩叫莫晓丽，她接替的正是枝枝的那份工作。记得莫晓丽还向我问起过她，我如实说了。

枝枝走后好久没跟我联系，我以为她把我忘了。

可就在今天，枝枝有电话过来，她说她如愿以偿的开了家名叫"上海故事"的咖啡屋，就数用那个秘方咖啡煮的最绝。我喜出望外，拉上莫晓丽就去了。

枝枝穿了条犹如音符般灵动飘逸的碎花长裙，复古红唇，棕色的长发松松结成根麻花辫随意搭在胸前，很靓却不显嚣张和浮躁，一对儿绿松石耳环晃晃悠悠风情万种，就像一杯仙粉黛红酒，神秘，精致，优雅，撩人遐想。

新潮女孩莫晓丽眼儿都直了；我被震得愣了半晌，一句话都说不出。

枝枝回到了从前，不，枝枝比从前更迷人了；当然，得把衣着不整，洗尽铅华，脸上存有鸡蛋汁那段日子给灭掉。

可能每人都有一段难忘的经历，这段经历会是财富。我决定，赶快找个我爱他他更爱我的人闪婚；为了他，闪孕闪生都可以，然后离开公司，像枝枝那样做自己想做的事，履行我以前的计划，开个小酒吧，酒单上赫然写着"爆炸"和"红粉佳人"两款酒。当然，不止两款……

萧楚楚的歌

萧楚楚喜欢阿雅，喜欢她的酒窝，喜欢她那像甜筒似的俏皮的发型，当然，最喜欢的是这首歌——大红豆。

红豆，大红豆，芋头……萧楚楚唱这首歌时，总把芋头改成豌豆：红豆，大红豆；豌豆，小豌豆。

杨逸风肯定也喜欢阿雅，就冲着这支歌。

很多年前，杨逸风和萧楚楚就是这样大声嚷着一前一后走在麦垄里的。

五月天已经很热了，绣穗儿的麦子没膝深，田里套种着嫩嫩的豌豆，弯弯曲曲的藤须儿打着卷儿，豆荚圆鼓鼓饱满满的。杨逸风和萧楚楚在麦田里趟着走，萧楚楚边往军用挎包里塞豌豆边亮起嗓门喊：豌豆，小豌豆。杨逸风转回身倒退着也大叫：红豆，大红豆。

满眼都是碧绿碧绿的豌豆，没有红豆的。杨逸风用食指一下一下地点着自己的胸口，狡黠一笑：我的红豆藏在这儿。萧楚楚一甩头发说：讨厌。

萧楚楚插队在杨柳村，她说只有那儿的春天才叫春天。站在村南坡顶往下看，村子藏在炫目的色彩中，桃树披红梨树挂白，偶有微风袭来，枝枝叶叶就晃出一角黛色的屋脊。这天，萧楚楚和女友正居高望远指点着说笑，杨逸风却突然站在了身边，像棵挺拔的白杨，英气逼人。

过后女伴儿说杨逸风的眼睛湿漉漉的好动人哪。湿漉漉的眼睛什么样？女伴儿说像潭也像鹿，看人时很深情很有内容。其实，留在萧楚楚记忆中的是他脸上有对儿长长的酒窝，这酒窝给杨逸风平添了几分刚毅。

杨逸风住舅舅家，算是回乡知青。自从那次南坡顶偶遇，杨逸风就成了萧楚楚这儿的常客。他那个村儿离杨柳村很近，上个坡，沿着麦田走上几里路就到了。

萧楚楚去过一次，杨逸风专门给她做了碗糖水蛋，一气儿放了八个，不吃还不行。那地方待客有规矩，贵客来了，先给人端碗荷包蛋，杨逸风按当地最隆重的礼仪款待了萧楚楚。

萧楚楚怎么看杨逸风都极像自己的哥哥，有事没事爱在杨逸风屁股后面转，捉蛐子逮蚂蚱，再不就是背个军用挎包悄悄地到田里摘豌豆角。那碧绿的豌豆生吃很甜，煮熟后更加美味。

日过正午，人们都歇晌了，萧楚楚和杨逸风尽情地叫着"小豌豆大红豆"，摘满一挎包回到了知青点儿。坐在当院里的那棵洋槐树下，萧楚楚抓出两把豌豆角细心地剥起来，完了找出针和红丝线，把滴溜溜圆的豌豆粒穿成两串，让杨逸风帮着戴在手腕上。

萧楚楚不停地晃着手端详那豌豆手镯，连声地问：好看吗好看吗？杨逸风说萧楚楚臭美。臭美就臭美，萧楚楚悻悻起身就走，杨逸风紧追着萧楚楚：喂，傻丫头，我说错了不行吗？几大步追上去抓住她的胳膊一脸认真地说：这豌豆手镯有什么好，见过南国的红豆没？几十年开花还不一定结果，那才叫珍贵，回头送你。说完头也不回走出院门大步如飞直奔村口，萧楚楚颠儿颠儿地跟他身后，紧追着问真的假的？豌豆手镯红豆手镯我都要啊。

村南有条瘦瘦的无名河，光溜溜的鹅卵石躺满了宽宽的河床。河边芳草萋萋，长满了水红花。萧楚楚说那条小河边陡峭的崖头上有野鸽子，杨逸风拉上萧楚楚就来了。杨逸风手脚并用像只壁虎，突然脚下一滑，没等萧楚楚看明白就摔了下来，把萧楚楚吓个半死，幸亏身下有厚厚的青草垫着。后来杨逸风不知从哪里弄来个大簸箩，用条长长的绳子系在根短木棍中间，支到簸箩的沿儿上，下面撒些米粒儿，萧楚楚和他手挽着绳子的另一端，爬在密实的草丛中，闭气儿凝神儿等那野鸽子落网。

萧楚楚上大学走的那天下着小雨，杨逸风来送，走了一程又一程。萧楚楚登上车门时说，快走吧，下着雨呢。杨逸风说，走到前面不还是雨？

夏日里的某天，萧楚楚在琴房练琴，女伴举着封信招呼萧楚楚：再不来拿就拆了啊！萧楚楚眼睛盯着乐谱漫不经心地说拆呗。谁想她不光拆了信，还绘声绘色地朗诵起来：

红豆生南国，春来发几枝，愿君多采撷，此物最相思……

是封情书，杨逸风的。

哄笑中，萧楚楚羞红了脸，起身夺过那信就跑。萧楚楚觉得自己一女孩家刹那间什么秘密都没了，又羞又气，三把两把撕碎了信，随手一扬，那纸屑如蝶随风散去。

地里的豌豆摘了种种了摘，不知重复了多少年。萧楚楚依然留在北国摘豌豆，杨逸风早跑到南国寻觅他的红豆去了。前些日子，插队的同学说好要聚会，萧楚楚没想到杨逸风能来。尽管她曾多次设计过再见面的场景：四月麦子扬花时，田间地头柳树旁；巷口夕阳斜，紫藤架下石凳上；槐花洁如雪，农家小院中……

萧楚楚站在杨逸风面前细细地打量着他。岁月对他特别恩赐，杨逸风依然玉树临风，湿漉漉的眼睛依然深情动人，唯一有所变化的是他那长长的酒窝如今似刀刻般沧桑坚韧。

杨逸风看着萧楚楚好像并不介意什么，拉她坐在身边，递给萧楚楚一本厚厚的书——《南北红豆》，作者署名：杨逸风。

萧楚楚紧紧地抱着那本书，盯着杨逸风湿漉漉的眼睛，一甩头发，说：豌豆，小豌豆。杨逸风亮起嗓门回应：红豆，大红豆……

哎，你喜欢阿雅不？

阿雅是谁？杨逸风一脸茫然。

美人尖

　　莫依依从踏入这家咖啡屋的那一刻起便心如潮汐，眼里迅疾升腾的雾气毫不留情地将面前的一切阻挡在千里之外。

　　依依咖啡屋……没有谁能把咖啡屋取名叫依依咖啡屋的，除了他。

　　他是陈子齐。

　　莫依依和陈子齐就读于同一所艺术学院。莫依依修琵琶，陈子齐学油画。

　　夏季，几乎每个傍晚，莫依依都会一袭白裙端坐在那棵钻天白杨下练琵琶。那把琵琶不光弦上有音，整个琵琶皆是音律，如急雨，如私语。

　　安静的莫依依不善言谈，只有怀抱琵琶时，你才会发现莫依依原来如此之美。

　　陈子齐只是远远地看着莫依依，从不走近。直到某天，当一阵突如其来的黄昏雨袭来，莫依依手忙脚乱起身时，才蓦然发现身边有个长身玉立的身影抢先帮她取下曲谱，合好谱架，拉起她的手，快步跑向教室。

　　雨滴顺着莫依依的长发恣意流淌，陈子齐取出块儿方格手帕细心帮她擦拭，莫依依不好意思地说我来吧。陈子齐一笑，不再说话，看着莫依依仔细地擦琵琶上的水珠。

莫依依没把方格手帕立即还给他，说洗净再给。

陈子齐不让，莫依依没理。

莫依依将洗净的方格手帕编成一只小老鼠，放在手心上，还给了陈子齐。

小老鼠，上灯台，偷油吃，下不来……陈子齐的左手凹起，布老鼠头里尾外架在指头上，右手轻轻地抚摸，左手猛一握拳，老鼠窜了出来。莫依依开心地笑，说，你也会这个呀。

大多时候，莫依依和陈子齐喜欢在咖啡屋消磨时光。

陈子齐出神地望着莫依依，说你的发际线长得很特别知道不？

莫依依说，嘿，你知道它叫什么？

美人尖。陈子齐说书上这样写，长有美人尖的女孩爱对喜欢她的男人说不。你柔情似水，像个江南女子，还真没听你说过不呢。

莫依依抿嘴一笑，说你真教条。我妈说长有美人尖的女孩应该待在宫中，电影中汉代的女人长发及腰，头上少有饰品，一条绸带松松一系或是用根玉钗散散一挽，额头光光，美人尖赫然入目，风情万种呢。

服务生过来问要什么咖啡？陈子齐脱口说来壶美人尖，两人对视而笑。

陈子齐说，我将来一定要为你调制一款口味特殊的咖啡，取名美人尖，就像苏格兰咖啡那样，纪念一段美好的情感，好不好？

莫依依说好，我等着。

学油画的陈子齐说他喜欢白桦林，最好做个看林人。晚秋时分，风将树叶镀上一层金黄，林中有座小木屋；夜晚，有温暖的灯光从窗口透出，我提一盏马灯去巡夜；回到木屋中，心爱的姑娘为我煮上一杯美人尖咖啡，那将是多么幸福的日子啊。

莫依依说古城乌镇也令人神往，碧波涟漪，临水入影，渔舟唱晚；香樟树，石拱桥，廊檐下，我们依着美人靠品咖啡，看摇橹的船娘一顶斗笠，一双红鞋，江南小调盈耳，有说不尽道不完的诗情画意呢。

陈子齐说我记住了。

莫依依不解，说你记住什么了？

陈子齐笑笑，只顾喝咖啡，并不言语。

艺术学院里不乏漂亮女生，当成群结队气度不凡的女孩子在湖边散步，树荫下练琴，假山旁嬉戏时，连空气都会柔软成一团雾一练绸；可陈子齐的眼睛里只有莫依依，尽管莫依依在众多的女生中不算出众。

陈子齐说莫依依安静得像兰，深谷幽兰。

莫依依说，那你像什么？

陈子齐说我是风，风入深谷，轻指幽兰，心曲相同，不好么？

莫依依脸一红，沉默不语。

当安详的晚霞温柔地抚摸着诗意黄昏时，莫依依又一次来到与陈子齐头回见面的地方，只见白杨玉立，树影婆娑，景物犹在，斯人已老，莫依依思绪难平。

那年临近毕业时，陈子齐走了，越过大西洋，去继承姑妈留下的一个大牧场。

莫依依很快就嫁人了，琵琶闲置在案头，上面放了一只方格手帕叠成的小老鼠。

时光荏苒，莫依依仍保持着泡咖啡屋的习惯，与陈子齐的那段浪漫情感，如同忘记上弦的老钟表一样永远停留在了这个充满温情的空间。

午后，若有若无的雨丝飘洒着，湿漉漉的空气沁入心脾，清新得令人心醉。莫依依围条苏格兰风格垂着流苏的大披肩，沿着碎石小径来到了这家咖啡屋。

前些日子，儿子兴奋地告诉莫依依说，妈，别墅区附近新开了个依依咖啡屋，名字蛮有意思，同学还问我是不是你妈妈开的。

依依咖啡屋地方不大，墙上有两幅油画，一幅是白桦林，风将树叶镀上一层金黄，林中有座小木屋，有温暖的灯光从窗口透出；另一幅是古城乌镇，香樟树，石拱桥，摇橹的船娘一顶斗笠，一双红鞋……

莫依依拿过饮品单，咖啡的种类不少，排在最前面的是美人尖咖啡。

　　美人尖，美人尖咖啡……

　　又是许多年过去了，莫依依一袭垂着流苏的大披肩神色安详端坐在壁炉旁，身材高大的儿子走过去，轻轻地俯下身问，妈妈，真的有一款美人尖咖啡么？

　　莫依依淡淡一笑：我说有，你信吗……

凤雅颂

凤子和雅吟是好朋友。

俩人一起上幼儿园，小学到大学都没分开过。

毕业后各自创业，去了不同的公司。虽在不同的城市，却是相距不远，周末轮流去对方的城市聚会，谈啊笑啊吃啊玩啊，开心之极。

凤子先谈了朋友，和雅吟的聚会少了些，雅吟来看凤子的次数就多了。

雅吟点着凤子的脑袋，你呀，典型的重色轻友。没劲儿。

凤子就傻傻地笑，恋爱中女人都是傻子，将来你也是。

凤子结婚时，雅吟做的伴娘。

雅吟对凤子的丈夫说，要对凤子好啊，敢欺负凤子，看我扒你的皮！雅吟张牙舞爪的。

幸福的家庭都是一样的快乐，不幸福的家庭各有各的不幸。凤子结婚没多长时间就开始向雅吟诉苦，说结婚没意思，真怀念我俩从前那些无拘无束自由自在的日子。

雅吟说，你也太霸道了吧。尝到婚姻地满足了，又想夺走我单身的乐趣啊。快说说，是不是他欺负你了？

凤子说，他哪敢啊。可是，我觉得和他在一起很沉闷，不浪漫，不快乐，没激情。

雅吟手支着下巴，静静地听。

凤子说，第一个情人节，我还故意提醒过他。到了晚上，他回来了，你猜他给我带啥了？

红玫瑰呗。

什么呀，他竟然掂了一把皮抽子回来了，说家里的下水道总堵，用这个好疏通。我看到那把皮抽子心里就来气。

雅吟忍不住笑得东倒西歪。

还有，那天我正在网上给朋友传照片，送水的来了。我慌慌张张跑出去接水，一阵风忽地吹来，"砰"一声，把门给带上了。

送水工歉意地问没带钥匙？仿佛我把自己锁门外是他的失误。我说没事，家里有人。我说这话时心中就有些发虚。我家那位睡觉沉，要想叫醒，除非有人在他耳边燃放二踢脚。姐我使出喊山的劲儿，不停歇地叫门，发出的音有美声有通俗有民族有原生态，嗓子快分叉了，没动静。我改手拍，真真正正的"五指山"，左右开弓，我懊悔自己怎么不早些练练铁砂掌。我用脚踹，一脚少林一脚武当，脚趾甲都快踢飞了，动静够大了吧，可统统不管用。半个小时后，我终于绝望。

凤子越说越气：我跑到邻居大哥家把人家的手机借出改用电话叫起，猜我打了几遍？电话第十遍执着地响起时，我家那位终于睡眼惺忪打开了房门并厉声教训我：笨蛋，又把自己锁门外了吧？！

雅吟终于忍不住，大笑。

凤子说，你说这样的人是不是很无趣。

雅吟说，不是吧，你家这位蛮有趣的呀。

雅吟对凤子的那位似乎有了兴趣，再与凤子见面时就主动问他的事情。

凤子说，我都懒得搭理他了。那天我们要去上班，出门儿的一刹那想起家门钥匙还落在客厅茶几上，欲进屋取，都已经换好出门的鞋子了，他看看洁净的地面，说脱一只鞋单腿跳跃进屋拿就是，这动作的确不算高难。他跟只雀儿似的单足蹦进去取回钥匙，蹦出来后才发现脱了鞋的那只脚压根儿没着地，穿鞋的脚倒是不辞辛苦地蹦来蹦去，地板上一溜儿大黑脚印儿。哎你说，他是不是未老先衰了？

雅吟已经笑得趴在桌子上直不起腰了。

终于，凤子和他开始分居。雅吟双方劝说都没有用。

雅吟觉得这两人挺有意思，说是分居又同在一个屋檐下生活。

晚上，凤子照例把守书房挂网冲浪，客厅那块儿地方由他统领，楚河汉界，各不相仿。

凤子说，那天也不知他哪根神经短路了，破天荒地摆弄起自己的皮鞋来。这些事情，平时是绝对不会干的。很好奇，于是就问。他说，晚上在酒店用餐时，果汁不慎滴鞋上了，有痕迹，亮亮的黏黏的，就自己动手擦了，还说要放阳台上晾晾。

也是我操心操的刹不住车了。我说我来吧，你放不好，指不定掉楼下呢。抢过鞋，拉着他来到阳台上，导师似地做示范，说你看好，就这样放——真不是大话自己，我这不一向细心么。于是，打开玻璃窗，嘴还不闲着：如此简单劳动你都做不好，我呸。

鬼使神差，说话不及一只鞋子脱手而出，居然穿过防盗栅栏的缝隙一个跟头俯冲到了楼下。他倒是懒得理我，转身回客厅看电视去了。我就像个傻瓜穿着睡衣，气急败坏地窜下楼，打着手电，瞪着五百度的近视眼，半夜三更扫雷似地在外面找鞋……你说，这样的人我还怎么跟他过？

无论雅吟怎么劝说，凤子还是和他分手了。

令人意想不到的是，雅吟竟然和他走到了一起。雅吟说，这么风趣幽默的好男人，哪去找啊。

凤子和雅吟还是好朋友。

雅吟也和凤子讲他的故事，还是那些事，还是那些陈糠烂谷子的事，雅吟讲起来却眉飞色舞，娓娓动听。

凤子就奇怪了，同样的人同样的事，怎么在自己这里就觉得愚钝无趣，在雅吟那儿就觉得风趣有情调了呢？

凤子不明白，雅吟也不明白。

慕容媛

　　歌剧院的灯光师慕容媛长得很不一般，圆圆脸，白净可人，挑染了几缕酒红色的短发，粉绿色的长衫，暗咖豹纹打底裤，一双欧美流行的木底粗跟厚底凉拖，挺潮的。当然这是表面，慕容媛起小还被望女成凤的母亲逼着学习大提琴和琵琶，西方的民族的弦乐弹拨乐搅和在一起。她喜欢读书，谈吐自然不俗。正是这些得天独厚的条件，才让慕容媛老是遇不上有眼缘的人，说话间，花骨朵般的年龄过了。

　　慕容媛至今对童年的回忆几乎全是跟随着做演员的父母在后台时的映像。母亲是个当红的角，只要鼓乐声起，母亲就悄然站在侧台口的帷幕边了，有一束光罩着满头点翠步摇和珠花小簪仙子般的母亲。那光束从大剧场的穹顶上犹如瀑布倾泻而下，无论母亲走到哪里，温暖的光束紧追不舍。母亲就在梦幻般的氛围中唱念做打，物我两忘。后来慕容媛成为这座古城里数一数二的灯光师一点也不奇怪，她在追逐童年时的梦。

　　陶子是慕容媛的发小，如今儿子都上幼稚园了，可他的慕容阿姨还待字闺中。陶子这个急，见谁都会主动发问：手头有没有与慕容般配的男孩子？陶子把自己搞得像个牵线拉纤儿的媒腿子。终有一天，陶子把个电话号码给了慕容媛，神神秘秘地告诉她，某日某时，城南音乐喷泉东侧紫荆花丛中，从南数第三棵树下，见面，一定得去。还特别强调，那个男孩身材高大，学识渊博，爱岗敬业，有颗博爱之心……陶子把他夸得像撒哈拉的雨水。

慕容媛不拂陶子美意，欣然赴约。大老远见一男孩站在花丛中腆着肚子四处张望，样子呆萌。慕容突然临时起意就想捉弄捉弄人家，她把牛仔上衣领口处的纽扣全部弄开，仅仅留了下面俩扣儿，嚼着香口胶打着响指横着就过去了，那做派完完全全就是个小太妹。男孩前脚出了大学校门后脚刚踏上社会，心理上还没怎么完成蜕变呢，心说哪来的这个痞气十足的丫头？怎么瞧也跟艺术不沾边儿，冲着这副桀骜不驯难以驾驭的模样，怎么说自己都不是对手，还是知难而退比较明智。事后，慕容媛给气得脸不是脸鼻子不是鼻子的陶子说：喊，看人太概念化脸谱化了，幼齿。

需要强调的是慕容媛目前还是如花的年龄，只不过应了"皇上不急急死太监"这句话，慕容媛身边三天两头有人张罗着喝茶聊天咖啡郊游看电影，其实明眼人一瞅，这也就是个花样，交友，交男朋友，这才是重中之重

慕容媛每次都不落下，每次都没收获，倒是搂草打兔子，居然在这些人中给别人撺掇成了两对儿，颇有些种了别人地，荒了自己田的意思。

最着急的还是她母亲。昔日红角把自己剧团里有发展前途的武生老生加上导演反复比较精挑细选了好几遍，最后敲定了三四个，紧催着见面。慕容媛烦得不行，她说，你别忙活，武生老生我都不考虑，生活不是演戏，我怕他们跟你一样，这辈子都在戏里出不来，不要。母亲紧着说，那导演，导演又不演戏。慕容媛说，他倒不演戏，他给我说戏。母亲说姑奶奶，你以为你不在戏中？你那灯光不都是打在戏中人身上吗？慕容媛说不错，正因为有光，我才能辨别出哪是戏哪不是戏。

谁能说慕容媛这些话没道理？她在对待自己的终身大事上同样有双吹毛求疵的眼睛，这或许就是舞台灯光师应有的素质，慕容媛尽其所能

想让自己活得精彩些，同她在工作中合理地运用光线与阴影的平衡、延伸并营造着舞台有限的空间与氛围是一个道理。

慕容嫒照样勤奋地工作在灯光控制室里，当然相亲也是她业余生活中不可或缺的一部分；冬去春来，直到今年牡丹花最盛期，慕容遇到了她生命中的真命天子。

俄罗斯皇家芭蕾舞团访问演出来到了古城。慕容嫒开始忙了，她要负责处理演出当中有可能出现的各种复杂问题，然后将各种数据编程，输入计算机操作系统。临近正式演出的那天中午，发生了一件事情，让慕容嫒始料未及。

歌剧院在七号会馆宴请俄罗斯皇家芭蕾舞团。许是脑子里还在思考如何使灯光达到与剧情相吻合的最佳舞台效果吧，慕容嫒敬酒时，显得有些魂不守舍，一头撞到了别人身上。

慕容嫒惊恐地抬头，正与一双和善的蓝眼睛相遇。那人微黄卷曲的头发打理得很整齐，雪白的衬衫上殷红一片，慕容嫒杯中的红酒像炫丽的牡丹花，在人家身上突然绽放。慕容嫒傻了，慌乱地连声道歉，可他好像一点也不介意，耸耸肩，孩子似的笑了，好像是自己做错了事；更让慕容嫒不安的是，他居然会用流利的中国话连声说没关系。

晚上演出经典芭蕾舞剧《胡桃夹子》，慕容嫒惊喜地发现，王子的扮演者正是自己不慎把红酒洒他一身的那人。她赶紧翻出节目单，上面赫然写道，B角王子的扮演者：嘎斯代尔嘎·弗拉基米尔·瓦西里耶奇。慕容嫒心里一动，有种从未有过的感觉瞬间裹满了全身。

舞台上的故事还在继续：王子和美丽的克拉拉来到了雪国，晶莹剔透的童话世界里，女王带领着雪的精灵们变成随风飘落的雪花，跳起欢快的舞蹈欢迎他们……可是慕容嫒，居然忘记给王子打追光了。

演出结束后，慕容嫒不能原谅自己的过失，她在后台找到了"王子"，诚心诚意地道歉。"王子"对慕容说，不，你的灯光一直追随着我。慕容感到奇怪，没啊。有！他狡黠地眨眨眼睛说，灯光在你的眼睛里。慕容嫒慌乱不堪。

后来的事情再说就显得多余了，慕容嫒跟陶子说起"王子"时，能把嘎斯代尔嘎·弗拉基米尔·瓦西里耶维奇这一连串叽里咕噜的名字说得极顺溜。不过，大多时候，她还是亲亲热热地叫他弗拉基米尔。

自从认识"王子"后，灯光师慕容嫒不再相亲，她把童话世界里的梦幻灯光真真切切地打在了自己身上。

小花猫，咪咪叫

小花猫，咪咪叫，翘尾巴，蹦蹦跳，想捉一只老鼠吃，老鼠吓得连忙跑……

苏玉是听着这首歌谣长大的，苏玉也是用这首歌谣把儿子摇大的。它没有复杂的旋律，比起恬静优美脍炙人口的《摇篮曲》，它就像个丑小鸭，可苏玉就是喜欢。

苏玉还躺在摇篮里吮指头时，母亲就常常轻吟着这支歌谣哄她入睡。母亲没多少文化，只会这一首歌。

苏玉长大了，问母亲，就不能再教她新的歌？母亲笑笑，说，外婆就教会了你娘这一支曲儿。

看着苏玉不满足的神态，母亲说，好曲儿一支就够了。

苏玉小时候，家境并不好。全家老老少少七口人，要靠父母俩人不足百元微薄的工资来养活，还要定期给老家的爷爷奶奶寄钱，日子过得紧巴巴的。苏玉是老大，新衣服都是苏玉先穿，长个儿了，穿不下再传给妹妹。家里若是有点好吃的，却都是先紧着弟弟妹妹们。

胡同口有家水煎包子铺，水煎包子出锅时那不讲道理的鲜香，苏玉站在自家的院子里都闻得到。有时，父母上班忙，中午不回家做饭，就会给苏玉留些钱，让她买些水煎包子回来。苏玉总是把水煎包子周围焦黄的面锅巴小心地啃净，把包子留给弟弟妹妹吃，能剩下的，才是她的，剩不下也就算了。虽然日子过得不宽裕，可家里整日笑声朗朗歌声不断，听得最多的就是母亲的"小花猫捉老鼠"这支歌谣。

冬天里夜长，一张大床上并排躺着五个孩子，母亲就坐在中间纳鞋底，低声唱着：小花猫，咪咪叫，翘尾巴，蹦蹦跳，想捉一只老鼠吃，老鼠吓得连忙跑……苏玉她们几个就像一群快乐的鸡雏，紧紧地依偎着母亲，一句一句跟着唱。

母亲的嗓音真好听啊，脆生生的。两个弟弟还小，话都说不清，把"老鼠连忙跑"唱成"老鼠连毛跑"，全家都快笑疯了，妹妹还怪模怪样的学着"连毛跑"，刮着脸蛋儿羞他俩。

累了困了，就在妈妈的歌谣中渐渐进入甜蜜的梦乡。半夜醒来，睡眼惺忪中见母亲仍坐在那儿，就一盏散发出橘红光晕的灯，拿着针一下一下地插入发间篦针，又无比专注地一下一下纳着鞋底……这情节就像电影中的定格，深深地锁定在苏玉的脑海里。

苏玉结婚有了孩子，重把这支儿歌动情地唱起：小花猫，咪咪叫，翘尾巴，蹦蹦跳，想捉一只老鼠吃，老鼠吓得连忙跑……看到襁褓里的儿子忽闪着大眼睛，苏玉心头就有了蜜一般的感觉。有时看到熟睡的儿子，苏玉就想起母亲说的话：好曲儿一支就够了。

苏玉仿佛刹那间读懂了它的内涵，母亲给了自己生命，儿子又是自己生命的延续，唱着它理解了母亲对自己的爱，唱着它懂得自己做母亲的责任。这支小花猫的儿歌，就是一条有生命、跳动着的爱之链，紧紧连接着几代人的心哪。

眼瞅着儿子一天天长大，不满足苏玉总是唱着这一首歌谣了，苏玉开始教儿子背唐诗、吟宋词，儿子上了幼儿园就叽里呱啦地学英语了。

苏玉的儿子上学后，每天回到家都是个"新闻联播"的播音员，把班里的学校的同学的老师的故事说一大堆，然后就埋头做那些永远也写不完的作业。

不知不觉中，苏玉忽然发现儿子嘴唇上已有了细细的茸毛毛，才感觉孩子长大了。自己不知道有多长时间没给孩子唱过那支歌谣了；她也知道，孩子现在的那些歌，嗨嗨哈哈不成个调，苏玉怎么听也不明白。

儿子上了大学，只有假期才回来，一到家除了上网就是和同学们聚会，能安静地和她说说话的时间都不多；而且，一说起家里的琐事，儿子就会说，老妈，你 OUT 了。你说的我都知道了，你准备说的我也知道了。苏玉就有些失神，经常坐卧不宁，夜里失眠。

苏玉没有想到，儿子学习成绩优异，考取了英国剑桥大学，要去国外读书。都说去国外读书的人大都不会再回来了。

苏玉默默地帮儿子收拾行李，一时不晓得该嘱咐些什么、该交代些什么。

苏玉推说自己不舒服，没吃晚饭就回到卧室里。想到孩子明天就要离开自己只身去往异国他乡，心里好一阵难过。

门轻轻地推开了，儿子蹑手蹑脚地走到床前，坐在苏玉的身旁，轻轻地给苏玉按着肩膀，说，妈，明天我就走了。我给你唱支歌吧?

苏玉说，你的那些歌，妈可听不懂。

儿子轻轻地唱着：小花猫，咪咪叫，翘尾巴，蹦蹦跳，想捉一只老鼠吃，老鼠吓得连忙跑……

苏玉笑着，却有眼泪涌出。

那晚，苏玉睡得香甜安稳。

幸子的灯光

幸子第一次住五个星的酒店。

酒店的豪华奢侈让她吃惊，如果不是服务生把她带进房间，她会茫然不知所措的。

房间里温馨舒适，可幸子说不清怎么了，极不情愿待在舒适的房间里；于是，不顾外面寒气逼人，幸子还是无比急切地想出去走一走。

踏在松软的地毯上，悄无声息，幸子感觉自己像猫；过旋转门时，迫不及待地加力猛推，两大步就很不淑女地出来了。

省城要比幸子住的那个小城温度低，其实听预报了，温度错不了多少，可不晓得为什么，感觉这么冷。

幸子把大衣领子竖起来，心缩得紧紧的。

他来电话，说正与个重要的客户应酬，马上就好。幸子，你等我。话说得柔情温存。

幸子沿街漫无目的地走着。

路边的树冠被金黄色的灯装点得盎然祥和，高大的楼四周也被五颜六色的彩灯镶嵌，一如夜幕黑色背景下的晶亮画框。酒店门楣上的霓虹灯更是流光溢彩，把自己的文化内涵张扬到了极致。大道上的车辆，来时是刺眼逼人的白，去时却留下满目暧昧的红，那白与红飞快地交织穿梭，像一练流动的锦缎。

为什么要来，还期待着什么呀？幸子一遍遍地问自己。

自从幸子大学毕业回到小城做了中学教师以后，几乎就没再来过省城。到了谈婚论嫁的年龄，幸子立刻就把自己嫁出去了。丈夫也是个教师，很本分，日子就在柴米油盐酱醋茶中打发了。

如果不是在网上偶然加入了校友群，幸子几乎忘了自己也曾经是系里的探花。

他是大学同学，在班里并不怎么活跃，毕业后就失去了联系。在校友群里闲聊时，他清楚地描绘了幸子在大学时的模样，甚至能说出一年四季幸子的衣着款式，幸子竟然有些小小的感动。

他说，知道吗，我们男生把系里所有的女生排了顺序，你是第二名，可在我眼里你是第一名，你比第一名贤淑文静。那时我就想了，将来一定按你的标准找媳妇儿。

幸子知道他是个很优秀的人，把公司做得有声有色，经常国内国外地跑。幸子慢慢依恋上了与他聊天，并且越聊私密的话题越多。

幸子沿着这条路毫无目的地走着走着，竟走不出灯的包围。城的灯，仿佛点燃了这所城市眉宇间的沉睡，并将白昼间的繁华喧嚣无休止地拉长。灯光征服了城市，时间居然学会了屈从，这便是灯的魅力。眼前的这个城市把所有的色彩表现得恰到好处，靛蓝、鲜红、翠绿、粉红、淡紫，还有高贵的金黄，素洁的银白极热闹地融为一体，处处诗冉冉画浓浓的。幸子置身于灯的风情中，难逃诱惑。

幸子和丈夫说，要去省城参加个同学聚会。毕业十年了，不去不太好。丈夫说，该去，同学聚会能有几个十年啊。

丈夫托人给幸子买了卧铺。丈夫把幸子送进车站，看到丈夫憨厚的样子，幸子心中有了些许不安。

他又来电话，说还要晚一些，客户挺黏缠的。

一辆的士缓缓停在幸子身边，的哥探头问，打车吗？

转转城市的夜景也蛮好啊。幸子上了车。的哥问，去哪？幸子说，随便，热闹的地方吧。的哥很年轻，说我和你聊天你不反对吧？幸子笑笑，说，我喜欢听。

的哥说他家在豫南乡下，一个很偏僻的山村。以前，家里房子是村子里最差劲的。介绍人领着姑娘来家相看，没说两句话扭头就走。他一气之下跑出去了七天，七天中仅吃了五个馒头，想了很多很多。穷则思变，于是就到深圳打工，一去八年没回过家。如今他家的房子是全村最好的，姑娘主动找上门。后来结了婚，媳妇儿还生了个双胞胎。从深圳回来后买了这个二手车，媳妇儿带俩孩子跟他在省城，每天出车回家，媳妇儿就会把热菜热饭端上来，他真的觉得很幸福。

幸福。幸子心头一震，蓦地，满眼的灯都被眼中升起的雾所遮掩，城的灯似乎就像距离遥远的星光在视线中挣扎。幸子想起那个小城的一隅属于自己的地方透出的那束橘红色灯光。

幸子使劲儿揉揉眼睛，在手机上飞快地留下了这样的字：出门在外，脚下飘飘的，不踏实的感觉。默默读了两遍后发给了丈夫。

很快，丈夫回话：那就赶快回来，家里温暖。

家里温暖，家里温暖……

幸子反复咀嚼着，突然对的哥说，送我去火车站。

此时此刻，幸子无比想念的是属于自己的灯光，尽管，省城里灯火璀璨，夜色撩人……

梦里西湖

樱子不晓得是不是该见见他。

只是偶然的相遇，就让樱子拿得起却放不下。

是看画展。一个名不见经传的画家举办的个人画展。

樱子也是闲来无事，就走进去了。樱子大学时在艺术系，琴棋书画都通晓个一二。画展上的作品，看两幅也就知道个大概。樱子却在不经意间看到一幅油画，欢快的溪水中，漂着一只白色的纸船。

似乎勾起了樱子童年的意趣，喜欢这幅画，不如说是喜欢这幅画的意境。樱子正打算找工作人员，却发现画上夹着个标签：已售出。

樱子又看见一幅，还是纸船。画面上，一男一女两个幼童在河边放纸船。这幅也好。樱子同样看到画上的标签：已售出。

樱子觉得好奇，什么人居然与自己有同样的心趣。

就这样，樱子认识了他，一个高大帅气的男人。

他买下了两幅画，然后把其中一幅送给了樱子。

他们开始了来往，很密切，说不清是为什么。

樱子约他，说湖边散步好不好？

素面朝天的樱子，一身休闲服，沿湖边走，老地方等。

街心花园里的夹竹桃花正艳，红得火样红，白得洁如雪。花丛的一面有街灯，一面有夜色，那花就有了几分半遮半掩的羞涩。

樱子一转脸，见他微笑着出现在面前。

樱子一点也没有惊喜，赴约是必然。

西湖？西湖！

梦里西湖是见证爱情的地方，白娘子和许仙之间的一把油纸伞，便成就了流传千古的爱情绝唱。当然，此西湖非彼西湖，没有断桥，更无可承载至纯至美爱情的信物油纸伞，西湖就是西湖。

波光潋滟的西湖幽静如初，正是散步的好地方，唯有一样，没可坐的石凳或者长椅，樱子就说，那咱们就可着劲儿地走啊走，走到灯的尽头。

他说，湖水四周全是璀璨的灯光，你不可能走出灯的包围。

樱子环顾四周，蓦地发现那些璀璨的灯火已将西湖和西湖所有的景致团团包围，筑就了一座温馨撩人的城堡。

他有家，樱子也有。他们却像是有了约定，彼此间互不询问，也从不提起各自的家庭。

樱子和他倚在汉白玉栏杆处，极目远眺。东面也是一处林子，那些温暖的光为起伏不平的树冠镶嵌了一层迷人的光晕。今晚，樱子没能走进那个地方，心却被灯的手牵引着，悠悠然然去往那里。或许，那片林子里也有如樱子和他这样心境的红尘中人，抛却繁华喧嚣，为得到一处精神伊甸园而苦苦追寻。

宁静超脱固然引人神往，可是，俗世里的饮食男女又能做到几分？

樱子凭栏，凭出几分惆怅。我们毕竟不能超然世外，人间烟火还是要食的。樱子说的时候，一脸无奈。

他拧紧了眉头，怎么了，樱子？

樱子没有说话。

当初，樱子把那幅画拿回家后，就放在书桌下。她不想挂起来，因为每次看到画，他就会在眼前晃来晃去，搅得樱子心神不定。

丈夫却把那幅画给挂在了书房里。丈夫说，喜欢就亮出来么。

樱子说，我不喜欢。丈夫说，不喜欢你拿回来干嘛？

丈夫轻轻拍了拍樱子的脸颊，宽厚地笑笑，走开。

湖水一下一下拍打着岸边的石阶，远处有闷闷的雷声传来，风不再温柔，西湖愈加静谧。

编个船吧？会不会？他说。

樱子点点头。樱子记得，小学三年级手工课学过，几十年哗哗过去了，当年的顽皮女生早不见了，就像一艘年久的船泊在了岁月的港湾。此时，樱子听他提起，童心像小鸟陡然飞回。

于是一张纸分成两张，樱子一张他一张，转眼两个精巧的纸船就完成了。他翻过栏杆，把船放入水中。风从北面来，那两只小船一前一后，随波逐流。

密密麻麻的雨降了下来，西湖云雾一片。纸船在风雨中颠簸，摇晃，慢慢地被风浪吞没。

樱子说，纸船是不能用来遮风挡雨的。

樱子回到家就取下了客厅里的那幅画。

丈夫问，怎么了？

樱子从丈夫身后轻轻地揽住了他的腰，不语。

问得紧了，樱子说：船要有避风的港湾。我刚明白，只有你，才是我的港湾。

窗外，雨将停未停，樱子心里陡然湿得一塌糊涂。

紫草随风花千树

/

花千树是个风华绝代的美人。

没见到她前，我以为我是个绝色的女子。

只是，我从未见过她。

可我在这个地方住好久了。

以前住哪儿我记不得。

能忆起的是，很久以前有只斑斓绚丽的鸟儿衔着我，飞呀飞，不晓得鸟儿最终要在哪里栖息。

别人管这彩色大鸟叫凤，说它是吉祥的化身。

我被凤含在喙中实在是一种殊荣；况且里面是粉粉的颜色，温暖得让我感动。

我想跟着凤一直就这么飞，飞到天涯海角也行。

结果，凤遇到了凰，凤情不自禁唤了声"凰"，我便从它嘴里滚落，飘飘悠悠来到了这里。

这里谷深林密，人迹罕至。我跌落在一条幽静的小道旁。

那晚，有细细的月牙悬在天际，像佳人讶然时弯弯的眉。

五更时分，我被露水打湿，凉凉的，很清爽。

清晨，暖暖的阳光披着金色的霞衣温柔地抚摩着我的身体。

我贪婪地吮吸着日精月华，听得见我小小的身子裂开的声响。

终于挣脱了褐色铠甲，抽出嫩芽，我绽开笑脸，忙不迭地给柔风，细雨，还有蜜蜂，花蝴蝶打招呼。

渐渐地，我出落得婀娜多姿，与众不同。

紫色的花冠将我装扮得超凡脱俗，清丽可人。

风来了。

风潇洒又体贴。

风温柔地附我耳边低语，说我是他见过的最美丽的女子。

我给风说，我不是，我只是一株草。

风说，你不是株平凡的草，你有一袭高贵的紫衣，你的名字叫紫草。

我原来也有名字，而且拥有不同凡响的颜色。

多情的风时常来看我，他环绕在我身边，依依不舍，脉脉含情。

终有一天，我不再矜持，幻化成一个绝色的女子，跣足来到风的住处。

幽谷里箫声轻扬，瑶琴袅袅。红烛春浓，温情盈盈。

风说，知道我爱你什么？优雅内敛，不事张扬。静栖一处，淡定从容。紫草啊，你有玉的温润，你是含蓄婉约的精灵。

我笑了，嘴角轻扬，如同上弦月。

风说，你笑起来摄人魂魄，笑成上弦月的女子世间少有。

于是，一株草，一缕风，恩爱甜蜜，缱绻缠绵。

2

我追逐着风来到溪水旁。

一条小溪欢快地唱着歌，山谷里全是她百灵鸟似的歌声。

而她，蓦地出现在溪水旁。

我见到她的那一瞬间，我就知道我完了。

不光是我，空气也停止了流动，被动地凝固成一团冰。

那女人叫花千树。

花千树美得脱俗，令人心惊。

我把自己见过的女子在脑海中过滤了一千遍，也找不出与她相像的。

花千树只有一个。

这个世界上有个让我看一眼就能刻在心底的女人就是花千树。

风紧紧攥着我的手，呆立着，一动不动。

原来，我和花千树相距这么近，可我从来不晓得前行。

假如我一开始就不信风的话，我会知道我和她的差距。

可我信了，我感觉自己真的是个绝色的女子。

那一刻，我羞愧难当……

我偷偷抽回了我的手，紫袖遮面，踉踉跄跄转身就跑，全然不顾风在我背后大声呼叫。

我忘不掉风在注视花千树时的眼神，尽管这样的眼神也曾无数次地注视过我。

住在溪水旁的花千树有所不知，你的美能让纯真无邪的紫草瞬间学会嫉妒。

花千树，你这个绝色的女人，你把我的眼睛刺伤了。

刺伤的结果是，看你一次，眼中就有雾气升腾，如同谷中薄雾，弥弥漫漫。我的世界就此消失……

风说过，嘴角上扬如同上弦月，这样的女子世间难觅，你紫草算一个。

可花千树，你低头浅笑，居然也笑成了上弦月，我大惊失色。

心事难了，我悄悄来到溪水旁。我躲在岩石旁，再一次细细地端详花千树。

她风姿绰约，一出现，万物便没了颜色。

我不敢长久地面对花千树，我只能在忍不住时，偷偷看一眼便匆匆逃离。我怕她憾人的美继续弄伤我的眼。

可是，花千树并不妖媚，她那双眼睛纯净得像雨后天空，清澈得如同山涧中的溪流。我不是男人，若是，看她一眼，我会失魂落魄，正如我的风……

我即便是风，是个多情的男儿，花千树不用与我对视，她也是我生命旅途中那棵开满鲜花的树，我从树下走过的那一刻，就会明白……我一千遍地以我之心度旁人。

我伤心欲绝。

面对花团锦簇千姿百态的花千树时，我立即又变成幽谷中的那株紫草。

和花千树相比，我无姿无色，无形无态，谁也不会把目光长久地聚焦在我身上。只有多情的风无意袭来，我才能够借机摇曳舒展身姿。

风，不会总宠幸紫草，风的情人多的是；而我，只有风。

3

紫草——山谷中传来风焦急的呼唤。

我决计离开这里，祈求着凤凰再次来临。

果然，凤凰伉俪自天而降。

带我走吧……我一遍遍地祈求。

就在我发出一千零一次请求后，凤凰点了头。

风扑了过来。我从没见过他如此的失魂落魄伤心欲绝。

紫草，别丢下我……原来分离这么令人肝肠寸断。

我哭了，流出一滴滴紫色的泪水。

风也哭了，雪白的长衣上居然有斑斑血泪。

我惊呆了，投入风的怀抱。

血泪交织，我蜕化成一个有血有肉的紫衣女子。

我的风也变成一个长身玉立的儒雅书生。

咒语在真爱面前，瞬间失灵。

长裙曳地，仪态万方的花千树闻声赶来。

她把一个绚丽夺目的花环轻轻套在我洁白如玉的颈项上，吻了我的额头，牵着我的手，来到风身旁，嫣然一笑，说有个地方叫桃花岛，带紫草姑娘去吧。

风深深一揖，揽过我的肩，来到凤凰伉俪身边。

彩色大鸟驮着我和风，扇动着巨翼，冲天而起。

幽谷里箫声轻扬，仙乐袅袅。

风华绝代的美人花千树端坐溪旁，轻拨琴弦，送上了一曲《凤凰于飞》……

有关戏的碎片

总有一段不了情。

我一直认为是在文化系统工作的父亲让我打小喜欢上戏剧的。

小时候,父亲喜欢带我去看戏。每次都是在吃晚饭时,父亲冲我使个眼色,我就心领神会的赶快埋头把碗里的饭扒拉完,静静地站在大门外等父亲出来,然后小跑着跟在父亲身后,从剧院那两扇大得惊人的后门里进去,穿过并排放着一溜儿大茶壶的开水房时,总能见到那个以前演关公后来倒了嗓烧开水的李姓艺人。每次见他,他总是把一条腿高高地翘在花墙上用力压腿,见人来了,忙放下腿,嘘口气,再齐肩拉个山膀,嘿嘿一笑也不言语。

在那个小城里,李姓艺人被称作活关公,很有些名气;可见了他,我总是害怕,因为他眉毛会动,一下一下地像两条毛毛虫。我躲在父亲身后,紧紧拉着他的衣角,快步来到后台化妆室才能松口气。

那些对着镜子忙着贴鬓插花儿吊眉勒头的演员们热情地打招呼:呀,大姑娘来了,二小姐呢?他们说的二小姐是我妹妹,不晓得为啥父亲老不带她来看戏,只知道妹妹爱哭,父亲说她缺少女孩子的喜庆劲儿,刘备似的。我压根儿不晓得刘备是谁,却牢牢地记住了有个和我妹妹一样爱哭的男人叫刘备。

父亲把我推到那些人跟前,笑着说叫人哪?我眼前晃动的是一张张粉雕玉琢的面孔和花团锦簇的才子佳人，演小生的是个女的我叫成叔叔，演青衣的是男的我偏喊做阿姨，于是，他们就开心地拽着我的辫子笑，那笑声无所顾忌极具张扬。

乐队不在舞台的右侧而在台前，有个半月形状的乐池，我就坐在拉二胡的陈叔叔旁边。黑脸陈叔叔是人称九头鸟的湖北人，参加过抗美援朝，是从部队文工团转业到剧团的，烟瘾很大，叼着烟边伴奏边忙中偷闲腾出手弹烟灰，就在一团烟雾中把二胡拉的恣情肆意，跌宕有致。

陈叔叔很黑，嘴里有颗金牙，笑的时候，那金牙烁烁发光，把其它牙都映成米色。黑脸金牙一点儿也不可亲，像电影里的汉奸，印象中他个儿挺高，水蛇腰，从没见他站直过。

看折子戏《断桥》时，我手里捧本儿白蛇传连环画，和着舞台上的演出一点一点对剧情，看到与书上不一样的情节，就嚷嚷着错了错了演错了，搅和得陈叔叔哭笑不得，唬着一张黑脸恶狠狠地说，再不安生把你从乐池里扔出去。背过脸儿却跟我父亲说：这闺女倒有心，再大点儿让她学戏？父亲就笑，只是笑，不作声。

回家后，靠墙放的那张大床就是我的舞台，把两条枕巾扎在手腕儿上，挥舞着这简易水袖咿咿呀呀自编自演。我那爱哭的刘备妹妹盘腿坐在床前，一脸羡慕。有一双小脚的外婆悄悄给我妈说，看这闺女舞的多有模有样啊！

我就跟中了邪样老想着长大了唱戏去，演白蛇白素贞。那亮晶晶的头饰、绢花、一袭白衣还有腰间佩带的短穗宝剑曾经是那么那么的吸引着我……

私下里最让我不解的是黑脸陈叔叔为啥和父亲那么要好。陈叔叔经常来家和父亲小酌聊天儿，那一口难懂的湖北话合着父亲的陕州话一聊就是半夜。有次睡醒一觉后见陈叔叔在哭，肩一抖一抖的，吓得我赶紧用被子蒙住头，大气儿也不敢出。

后来听父亲说，那晚陈叔叔说到了他的战友，也是湖北人，拉提琴的。有个雨夜演完节目后在回驻地的途中，他踏响了地雷被炸碎了。陈叔叔脱下雨衣，把战友的碎片拢在一起背了回来。从此这件雨衣相伴着陈叔叔转战南北，从部队到地方，他说看见这雨衣就想起那拉提琴的战友。

黑脸叔叔老爱说这一段儿，醉了就说，说了就哭。说那人白皙面皮，举止文雅；说他素日里话不多，拉得一手好琴，会唱京戏，程派，很有韵味儿；还说他演唱时台风稳健，声情并茂，至于提琴就更不用说了，那是独奏的水平。

我就是那个时候知道四大名旦，知道这几个出了名的旦角都是男人；不光他们唱出了名，还有一群男唱女的票友；其中，就有陈叔叔说的这个会唱京戏的白脸儿的叔叔。

我见过那件雨衣，上面斑斑驳驳留有暗色的印记，就挂在陈叔叔单身宿舍的门后，随着门动，忽忽悠悠忽忽悠悠的，就像那个会拉琴会唱程派青衣的白脸儿叔叔活生生地站在那儿，唱词清悠水袖翻飞……

长大以后，我更是喜欢青衣这个行当，尤其是程派青衣，总认为他的发音不可思议，一招一式都透着讲究。如今，程派传人张火丁是我最喜欢的演员，她把《锁麟囊》中薛湘灵的那段《一霎时把七情俱已昧尽》二黄散板转快三眼演唱的张弛有度动人心弦；其实，每当说到程派青衣的时候，总是会想到黑脸陈叔和他的战友。

有关戏的碎片一旦碰触，就会从尘封已久的记忆中活蹦乱跳地向你走来。不如来段程派唱段，你我闭上眼睛且听且忆吧……

花戏楼

　　相思古镇上的花戏楼，不知什么朝代就已经有了。

　　花戏楼坐北面南，雕梁画栋。戏台两侧有楹联一副：一曲阳春唤醒今古梦，两般面孔演尽忠奸情。虽年代久远，朱漆褪尽，但字迹遒劲，依稀可辨。当年的花戏楼风光无限，城里的角儿们以能在这里唱戏为荣。

　　一般的角儿甭来古镇现眼，古镇人挑剔得很，但女伶翠儿却格外受古镇人的青睐。

　　翠儿常来花戏楼，一演就是十天半月。往往不到开戏时，满场子已是黑压压一片了。这还不算，墙头上树杈上，就连对过儿阿九婆家那青瓦房上都有人，或坐或站，瞪眼伸脖，盼亲人似的盯着花戏楼"出将"处的团花门帘儿。

　　翠儿的行当是大青衣，古镇人最爱看她演《梅妃》。翠儿演的梅妃一出场就把人心给抓牢了。她蛾眉紧锁，满腹幽怨，吐字如玉。一句"雪里红梅甘冷淡，羞随柳絮嫁东风"的念白，真真是令人泪下如雨，寸心似剪。这时，人们早忘了翠儿，台上站着的那个绝色女子分明是唐玄宗后宫内新近失宠、婉丽能文，感叹景物尚在、人事已非的梅妃江采苹。

　　翠儿唱得好，长得更好。古镇上的老戏迷愿意用戏词儿来夸她：十指尖如笋，腕似白莲藕，这样的好姑娘几世来修？天仙还要比她丑，嫦娥见她也害羞。

乐队的琴师是翠儿她男人，一把板胡拉得如同山涧溪水般恣情肆意、跌宕有致。男人熟悉翠儿的嗓子，就像熟悉板胡上的音律节拍，高亢低缓都有讲究。高亢时那板胡将翠儿的嗓音烘托得犹如红云层叠、松翻涛卷，低回时又好似玉帘卷翠、清夜烛摇，拿捏得不偏不离，伺候得恰到好处。台上台下，小两口红花绿叶，琴瑟合鸣，恰似神仙眷侣。

古镇上的桃花开了谢谢了开，翠儿戏里依然是才情过人满腹幽怨的梅妃，戏外还是那个让人眉开色悦总看不够的美娇娘；其实，翠儿也有难言之隐，眼瞅着同门的师姐师妹都拉着大的抱着小的，翠儿身边缺少的就是一张口奶声奶气叫娘的那个小人儿。虽说她和三代单传的琴师合卺数年，可翠儿的肚子就是没动静；翠儿也不免跟戏中失宠的梅妃似地兀自惆怅起来，说话小声小气，看琴师的眼神怯怯的。

终有一天，翠儿有喜了，琴师欣喜若狂，恨不得站花戏楼里喊一嗓子。琴师端吃送喝，沏茶打扇殷勤照应；翠儿更是功不敢练，嗓不敢吊，每日里保胎安神是头等大事。

花戏楼突然就静下来了，静得让古镇上的戏迷们心有不甘。于是，这段时间，城里的小凤仙，九龄红，十里香都来过，可有一样，来了，演了，动静却是不大，最多三天就收拾戏箱，雇个牛车，无论你是仙是红还是那香，都随牛铃铛一下一下摆晃出的单调声响渐行渐远。

翠儿生了个男孩的消息就像有人倏地推开了轻掩的柴门，"吱呀"一声，便打破了小巷的清幽。整个古镇沉寂了些时日后，一下子就又活起来了。

有了孩子的翠儿肌肤如雪，发如漆染，星眸迷离，比起先前来更是妩媚撩人。不过，有细心人发现翠儿与往常有点不一样，不一样在哪？一下子难以说清。好像性子大了，嗓门高了，值不值也要对琴师男人耍个小脾气。

古镇赶集似地热闹，翠儿又要出演《梅妃》了，十里八乡的人们摇着小船，走完水路走旱路，早早聚在花戏楼前，不消说了，那场里场外黑压压一片，墙头树权青瓦房上又满是人。

花戏楼装扮一新，顺廊檐挂一溜儿红纱灯。戏台上的团花门帘儿一撩，翠儿扮演的梅妃在一群紫衣宫娥的簇拥下登场亮相。她一袭白衣，梅花点点，水袖扶摇，裙裾飘飘，莲步轻移，踏歌曼舞；忽地曲风一转，梅妃欣然唱道：下亭来只觉得清香阵阵，整衣襟找这厢按节徐行。初则是戏秋千花间弄影，继而似捉迷藏月下寻声……这是整出戏中梅妃得宠时的唱段。

正当镇子上的戏迷们如痴如醉忍不住击节相合时，原本随着婉转曼妙的唱腔紧拉慢奏烘云托月的板胡突然在翠儿甩高腔时戛然而止。翠儿猝不及防，那声音顿时失去依靠如同大雁孤飞，残梅落月，硬生生岔了音儿。满场皆惊，哗然一片。

花戏楼的当红名角儿怎能唱出分岔的高音儿？琴师在当紧时刻咋能收弓凉弦儿？古镇人一头雾水，不晓得翠儿和琴师这对儿红花绿叶怎么了。

日子水一样淌过，翠儿会经常到花戏楼来，满腹心事地看着戏台两侧的楹联，纤细的手指临空顺着遒劲的字迹出神地描着，一下一下，描的是"两般面孔"四个字……

头牌张天辈

县里有个曲艺队，人不多，统共只有十来个，可个个都有把刷子，有个叫张天辈的说书人在里面挑班唱头牌。

张天辈高个儿，腰板儿倍儿直，瘦白脸儿，留一缕花白山羊胡，书说得好，不说十里八乡了，就是在附近几个县都有名气。他人也傲性，整日手里捧个锃亮锃亮的白铜凤冠雕花水烟袋，抽起烟来，咕嘟咕嘟响。

那时，抽水烟儿的人不多，可张天辈是角儿，角儿有角儿的气派是不？他就是和别人不同，无名指留有半寸长的指甲，平时修剪得很整齐，爱翘着个小指头用留有指甲的无名指当梳子整理他花白的大背头。别看他整天耷蒙着眼儿，一上台，神采奕奕，俩眼儿炯炯有神，一人千面。那鼓一敲，砰砰作响，极有韵味，让人心痒难耐。鼓声停歇，张天辈嘴一张，字正腔圆，沧桑厚实，台下乱哄哄的场面即刻鸦雀无声，观众跟着他时悲时喜。

这一阵子他跟个年轻貌美的女子形影不离，不知情的以为是他孙女；其实那女子先是迷上他说的书，然后迷上他的人，走哪跟哪。家里人看出不对劲，也劝了，也骂了，也打了，她还是跳窗翻墙跟着张老先生跑了。

张天辈却跟别人说那女子是他干闺女。

县曲艺队和豫剧团的宿舍在一个院，有的是爱管闲事儿说小话儿的人，其中"小贱妃"最有能耐。

"小贱妃"名叫马花儿。马花儿在《秦香莲》中扮演皇姑。论说剧中皇姑是有着皇家气派的公主，金枝玉叶万尊之体，可马花儿就是对皇姑这个角色理解不到位，老是雍容跋扈不足，风骚轻佻有余，压根儿不管自己是身穿日月龙凤衫的公主千岁，出场后往台口侧身一站，冲观众就频频地丢媚眼儿，毫无大家风范，勾得台下那些浪荡子们扯起破锣嗓子叫好。马花儿得意地一拨儿媚眼儿挨着一拨儿媚眼儿地丢，拽都拽不回来，从此，便落下了"小贱妃"的绰号。

这时，"小贱妃"正满脸跑眉毛跟平时演宫女丫鬟的秋菱发布她的最新消息：那女子哪是张天辈的干闺女啊，夜夜黑儿睡一块儿呢！说得有鼻子有眼儿。

俗话说好事不出门，坏事传千里，这剧团里本来就是块儿是非之地，这下整得跟鳖翻滩似的再也安生不了。

闲话传到海椒那儿了。曲艺队队长姓海名椒，以前唱花脸儿后来倒嗓改行当了队长，人如其名，性格和花脸儿的行当相配，行事有点儿鲁莽，话辣还冲，剃一光瓢，动不动拉开架势，哇呀呀呀呀一阵叫板，吓得剧团大院儿里的一帮半大孩子四下逃窜，他倒是得意地拍着光头咧着嘴嘿嘿嘿嘿地开心之极；可眼下，他听了"小贱妃"广播后，抽着冷气牙疼似地在当院里转来转去想门儿。

那年月男女问题是雷区，无人敢趟。虽说曲艺队和剧团里不时有些花花草草的事儿，可那是逢场作戏，跟刮风一样，过去就过去了。张天辈这事儿非同小可，人家是个人物是角儿啊。

张天辈三十岁丧妻，这么多年干熬，如今奔六十的人了，莫非晚节不保？

想来想去，得给张天辈提个醒儿，可这事儿没按住就无法开口；情急当中，拉上豫剧团的支书、他师兄、小生行当的洛成一起与张先生摊牌。

张天辈住在靠西边把头儿的那排平房里，海椒和洛成进门儿时他正坐在冲门口儿的那把罗圈椅上咕嘟咕嘟抽水烟儿，见他俩进来，眉毛一扬中气十足的喊声"坐，上茶"就算是招呼过了。俩人落座后，环视屋内，见摆设俭朴，迎面挂一画轴，细瞧却是黄胄的《群驴图》，虽说画已发黄，但这么随意地挂在家里，就知道不是真迹了。这时，只见里屋门帘儿一撩，一花布衫儿大辫子闺女手里端俩杯茶就出来了，低着头盈盈含笑将茶放在海椒、洛成跟前儿，也不言语就快步出去了。

海椒干咳几声与师兄绕黑山避白水比葫芦说瓢终于把意思表达出来了。俩人擦擦汗忙呷口茶水润嗓，只等得茶喝完了，还举着空杯张嘴瞪眼儿庙里木鱼儿似的紧盯着张天辈看。

半晌，张天辈阴着个瘦白脸儿把手中的水烟袋重重往桌上一顿，山羊胡子一撅一撅地说：碍谁事儿？俺找个暖脚的中不中？明儿找恁开证儿去！海椒和洛成面面相觑，既然话已说到这份儿，忙知趣地起身告辞。脚还没迈出门槛儿，就听后面说声：走好，不送！花脸儿和小生对视苦笑，好像怀里被人猛地塞块儿冰只凉到后脑勺脚后跟儿。

两天后，剧团大院忽然噼噼啪啪爆竹声声，惊得猫也跳狗也咬的，大院里的人们慌忙起身看个究竟，却见一脑后盘髻斜插朵红绒花的女子，揽着手捧个锃亮白铜凤冠雕花水烟袋的张老爷子踩着一地落英，喜眉笑眼儿地说着走着……

是个男人都说：这张天辈艳福不浅！

"小贱妃"说：嘿！老牛真的吃住嫩草了。

张天辈照样在曲艺队里唱头牌。

小贱妃

在相思古镇，"小贱妃"马花也算是个名人。

马花在戏校时外号叫麻花儿，不是因名字与麻花谐音，而是马花确确实实喜欢吃麻花。马花早上练功时，无论是踢腿、云手，还是小翻、卧鱼，都会抽空腾出手掐一节儿麻花放嘴里嚼，那嘴鼓鼓囊囊一刻也不拾闲儿。师父一棍子打在马花手上，咬着牙骂：你马花就是根捋不直的扭股麻花儿啊！

马花从戏校一毕业就分到了县剧团，正赶上剧团赶排《秦香莲》，马花在这出戏里演皇姑。马花娘来给女儿送麻花儿，见马花一身彩妆，珠花满头，惊得瞪大眼睛，嘴张了半天合不拢。回去后，满镇子吆喝：俺马花是县剧团的台柱儿，老演皇帝家的闺女！

每当头戴凤冠身穿大红龙凤蟒袍的皇姑出场一亮相，台下喜欢马花的那些人准会给她来个碰头彩。论说马花应该按剧情进入角色，可马花不管，在台口手端玉带侧身站定，冲观众就频频地丢媚眼儿，八匹马都拽不回来。气得剧团里那个整日把戏比做天大的蛮子导演老在后台指着马花喷着吐沫星子说：马花，这皇姑可是有着皇家气派的公主千岁，你得表现出她的雍容和跋扈才行，别老让她跟开店的马寡妇似的好不好？

马花漫不经心地对着镜子，翘着兰花指取下鬓前的珠花，不耐烦地说：知道了知道了。可说归说，就是不改。扮演秦香莲的师姐恼死了，说马花老跟她抢戏，人家观众到底是看谁呢？背后一脸轻蔑地叫她"小贱妃"。

小贱妃就小贱妃吧，马花根本不计较。就这样，"小贱妃"代替了麻花儿，叫着叫着就叫开了。

马花越长越媚，眼角吊吊地爱瞟人，纤纤细腰，盈盈一握，走起路来，袅袅婷婷，一颦一笑，风情万种。小生洛成和花脸海椒经常和马花演对手戏。台上台下，把小生花脸俩人弄得五迷三道心荡神摇，疯了似的亮开膀子追。《西厢记》中马花演崔莺莺，那洛成就是张君瑞。"待月西厢下，迎风户半开；拂墙花影动，疑是玉人来"这四句念白，让洛成给诠释得缠绵悱恻、荡气回肠。"安得后羿弓，射此一轮红"，到底还是小生计高一筹，水磨功夫一展开，就如同那锣鼓经里的急急风，一阵紧似一阵，最终如愿以偿抱得美人归。婚宴上，花脸喝得烂醉，直挽着袖子嚷着说和那禽兽张君瑞有夺妻之恨！

婚后的马花似乎更媚了。戏校又分来一群学生，马花也经常没大没小地和人家开玩笑，荤素都有。有时，正和人说着戏，也不知哪句话好笑，马花就毫无顾忌地俯在人家肩上，直笑得花枝乱颤、百媚丛生。日子长了，那帮学生也不喊马老师了，而是直接叫她"小贱妃"，把马花他男人洛成恨得牙痒。马花不管，马花把这日子过的就像自己喜欢的零嘴儿麻花儿一样，香香甜甜有滋有味儿。

也不知从啥时候开始，县文化局有个头儿突然深入基层，经常到剧团视察工作。头儿只在马花出现的地方溜达，譬如练功房，譬如马花家楼下……

在练功房时，头儿的眼睛像图钉一样，只按在马花身上，时不时地把手放在马花的细腰上说，穿这么少冷不冷啊？操心程度跟人家妈似的。出差回来，把天津卫最有名气的麻花儿给马花捎了一大包，俩月都吃不完。马花她娘又来送麻花儿，碰上了，拉马花到一边儿说这人是戏里的花花太岁吧？马花没心没肺地笑着不理她娘，也不管把脸拉得足有两丈长的小生洛成。

转眼又是柳蘸鹅黄融融春色也盎然的大好时节。这天夜里，月挂柳梢，微风过耳，处处弥漫着草儿若有若无淡淡幽幽的清雅芳香。今儿的戏码还是《秦香莲》，马花的皇姑已经扮上了，端个大茶缸风拂弱柳千娇百媚花魂月魄般地从后台走出，就在水房的半截儿花墙外被人抱住了。只听那人急急切切地在马花耳边火辣辣的低声说道：小贱妃，看明月照着我孤形单影，盼佳期盼得我神魂不宁……

马花吃了一惊，险些把空茶缸给扔了。看清是谁后，马花腰肢一拧，用力挣脱，媚媚一笑，兰花指戳着那人的额头，一声"你呀"，娇声嘤咛，莺莺燕燕，紧接着亮开嗓子唱道：

> 怨只怨你一念差，
>
> 乱猜诗谜学偷花。
>
> 果然是色胆比天大，
>
> 黑夜深入闺阁家。
>
> 若打官司当贼拿，
>
> 板子打、夹棍夹、游街示众还带枷。
>
> 姑念无知初犯法，
>
> 看奴的薄面就饶恕了他。

唱的却是花旦红娘的段子，中规中矩，字正腔圆，全没了往日的妖媚惑人。

跑龙套

相思镇总有相思的故事。

剧团的花脸姓海名椒，浓眉大眼，人如其名。

海椒小时没想唱戏，唱戏是偶然。爹老把海椒按在板凳上剃头，手艺真不咋着，每次剃头海椒都跟杀猪似地吱哇乱叫，那嗓门不小，能传出去二里地。隔墙儿他二叔早先在个草台班子里唱花脸，听这孩子嗓门大，模样虎虎实实还透着股灵气，就说这孩子是块儿唱戏的材料，没准儿能红。

正巧县剧团招人，二叔拉着海椒就来报名。老师问海椒会啥？海椒不言声，大眼睛忽地一扫，身子一拧，给老师来了十几个侧手跟头，虽不成章法，可也不至于东倒西歪。老师又问会唱不？海椒说会，站得直直地，眼观鼻，鼻观口，连说带比画来了段城门城门几丈高，八十八丈高。骑白马，挎大刀，在那城门过一遭……儿歌，他娘教的。

老师笑得前仰后合，说中中中，这孩子中！

海椒的行当属于净，主工架子花脸，扮演过《盗御马》中扶危济困、除暴安良的绿林好汉窦尔墩，直把个红盔红髯蓝花脸、河间府响当当的人物演得惟妙惟肖出神入化。剧团大院里一帮半大孩子一见他，就蹦着高儿喊"窦尔敦窦尔敦"。海椒不答话，扎开架势，哇呀呀呀呀一阵叫板，眉毛乱动，眼睛瞪着、铜铃般大，吓得那些孩子四下逃窜。

同门师姐名叫风月，青衣，在戏里演秦香莲，素日说话柔声柔气，水样的性格。海椒一直把师姐当意中人，心说这样的女子，只有自己才能呵护她一辈子。海椒眼中的师姐就是白素贞，就是七仙女；有啥好吃的，总想着师姐。海椒不会温存，总把东西往师姐怀里一送，直眉愣眼地说给，转身就走。

团里新调来个导演，白净脸，头发有些自来卷，给师姐风月说戏时，声音很腻，时间长了，师姐看导演的眼神跟看海椒绝对不一样；看导演时柔情似水，看海椒却充满慈爱。海椒觉得跟他娘看他的眼神没两样，于是海椒郁闷得不得了。

有天夜里，皎月高挂，满地银辉。海椒一出宿舍门，便撞见师姐与导演在当院那棵槐树下约会。海椒自己都说不清，怎么会突然亮开嗓子喊了声"好大雪"。

此时正值槐花飘香，哪有什么大雪？同宿舍都是些不安分精力过剩的小伙子，听得海椒一声叫板，即刻跟火烧蜂房汤浇蚁穴似地跑出来说"雪在哪雪在哪"？师姐与导演站在月亮地里尴尬不已，俩人拉着手扭身就跑。伙伴们嘻嘻哈哈回房了，只留下海椒望着如银的月色发呆。

师姐和导演成亲了，海椒一场大病后倒了嗓。倒了嗓的海椒只能跑跑龙套或在后台打个杂。海椒心灰意懒，跑龙套也常出错。《铡美案》中包公唱道：慢说你是驸马到，龙子龙孙也不饶。头上打去他的乌纱帽，再脱掉身上蟒龙袍。这时，按剧情要求应该是王朝拿乌纱马汉脱蟒袍；可海椒扮演的马汉心不在焉，不光脱掉了驸马爷的蟒袍，还顺手把陈世美的髯口摘了。台下观众笑得东倒西歪，直叫倒好，还说：这包公厉害，铡驸马爷还先拔胡子！

《大破天门阵》里海椒演亲兵。戏剧中讲究兵对兵将对将，宋辽两军对垒，有场开打。一阵急急风中，海椒扮演的宋兵提着两把刀上场了，谁知和辽兵一打照面，却忘了下来的动作，一愣怔，提着刀又下场了。演辽兵的演员心说还没开打怎么就走？想救场，情急中，也不顾剧情，嘴里喊着"哒，哪里逃！"提枪就追。

也就是唱戏，要真的是两军交战，岂不是长辽国威风，让堂堂的大宋朝丢尽了脸？就这两件事儿，就把海椒整得灰头土脸，抬不起头来，以前那个威风凛凛的窦尔敦彻底不见了。

架子花脸如今成了跑龙套的，但凡戏里有衙役马童，就有花脸海椒无奈的身影。戏外，海椒的目光一直追逐着师姐风月，痴心不改。

师姐不是不晓得海椒的心思，也给海椒介绍过俩姑娘。头一个，师姐再三催促，海椒推辞不过，见了。回来师姐问相中没？海椒说跟你比，差远了。第二个师姐亲自带他去了，师姐跟那姑娘说，这是海椒，剧团的架子花脸。海椒说，那是以前，如今我跑龙套。师姐说海椒人好心眼好。海椒说我说话冲，脾气辣，会打人。那闺女看海椒敦敦实实，拳头像油锤，心下也怯，匆忙告辞。不用说，吹灯拔蜡无半点指望。师姐气晕了，说莫非你想气死我？海椒不吭声，半晌，才说，师姐，你生气的样子也好看。

日子过得飞快，海椒还是孑然一身。导演在一次会演中认识了另一座城里的台柱，追逐新人去了，师姐以泪洗面度日如年。海椒见不得师姐这样，心疼得要死要活，大着胆子说你别伤心，还有我呢。师姐却是不允。

冬日的夜晚，海椒心事重重总嫌夜长。披衣下床，在院里踱来踱去，突听师姐房内"呀"的一声惊叫，接下来却死寂无声。海椒一激灵，顾不上多想，一脚踢开房门，只见师姐倒在地上，青丝纷乱，脸色蜡白，悄无声息。海椒泪流满面连声叫着师姐师姐，两手一抄，抱起师姐软软的身子就往医院跑……

又是一年槐花香，师姐风月要和海椒结婚了。闹洞房的人已走，海椒还呆呆地坐着不动。师姐一口韵白，娇声说道：看天色不早，官人还是歇息了吧。

海椒朝自己大腿上使劲拧了一把，颤声说：师姐，这回我不是跑龙套吧？

青衣风月

风月是剧团里的台柱子，扮相俊美，嗓音稍稍带些鼻音儿，听起来反而格外有韵味。

剧团有三四十人，旦角演员也不少，却只有风月是科班出身，省戏校毕业后分到团里，一来就挑大梁。

风月扮演过许多角色，《铡美案》中的秦香莲，《断桥》中的白娘子，《龙凤呈祥》里的孙尚香；最拿手的两出戏是《秦雪梅》和《铁弓缘》。

风月考入戏校时年龄还小，选什么行当自己做不了主，不过这也没关系，注定吃这碗饭了，只要不演媒婆，不演大花脸都成，风月心中暗想。

风月的授业老师姓萧，深知选一个合适的青衣演员有多难。十几个俊丫头排成两行，萧老师从左往右再从右往左挨个儿相看。

风月站最后一排，萧老师在她面前驻足不前。

这个小丫头柳叶眉，丹凤眼，不用勒头眉眼都向上挑，羞羞看人一眼，就低下头笑，不声不响，安静得像朵栀子花。

萧老师问一句，风月柔柔回一句，嗓音像画眉子叫。萧老师拉着风月的手走到一边，说愿不愿学青衣？风月使劲点点头。

唱念做打，手眼身法步，是做演员最基本的艺术修养。台上一分钟，台下十年功，风月比别人学得都上心。

风月一个"卧鱼"没做到位，萧老师手中的板子就敲过来了。风月"呀"一声，抚着被打痛的胳臂，眼泪成对儿成对儿地掉，宛如梨花带雨，楚楚动人。萧老师后悔自己下手重了。

玉不琢，不成器，梨园行自古以来有陋习，老艺人们爱说"打戏"，出师后即便是红遍天下，学戏时挨打总是难免。萧老师曾是当红的大青衣，也是这么过来的。

萧老师取来一枚新鲜的生鸡蛋，细心地把蛋黄分出，仅留下蛋清，轻轻揽住风月，在她已经青紫的胳臂上涂抹，怜爱不已。

我不怪萧老师，你是为我好呢……风月抽泣着，反过来却安慰萧老师。

即便是哭，也能咬字分明，萧老师仔细端详着风月还挂着泪珠的小脸，心中一动。

萧老师说，一个好演员不能过于单一，梅兰芳梅大师正工青衣，可刀马戏，闺门旦都拿得起放得下。老师没有门户之见，你学学闺门旦吧，《秦雪梅》这样的悲情戏也适合你。风月答应了。

秦雪梅这个剧中人物的行当属于闺门旦。在《哭灵》一折中，有这么一句：秦雪梅见夫灵悲声大放，哭一声商公子我那短命的夫郎……秦雪梅拿着祭文，手抖得如同风中秋叶。可别小看这个抖手，那是个功夫，风月苦练多日，还是不得要领。

风月急得直跺脚。萧老师逗她说，去集市上买条活鱼，把手放松，顺着劲儿，随鱼而动。细细揣摩，反复练习，功夫到了，自然就会。

风月却当真了。那时她是个学员，没钱买鱼。伊茗湖畔经常有人垂钓，风月就趁课余时间跑到这里，静静地蹲在人背后，看见人家钓上一尾活蹦乱跳的鱼，就忙不迭地帮着把鱼钩取下，有意在手中多拿一会儿找感觉。钓鱼人都喜欢这个文文静静不爱说话的小姑娘，鱼一咬钩，就冲风月使眼色打手势招呼她过来捡鱼；后来知道风月是戏校的学生，拿活鱼为了练习基本功，越发喜欢她了。有个老伯还送她一只红色小水桶，钓了鱼专门送到风月的住处。

手势语言在戏剧中被称为演员的第二张脸，风月一次次抓鱼，一遍遍地找感觉，终于掌握了其中的奥妙。萧老师发现，这丫头双手动作起来，表现力极强，尤其听说她真的练抓鱼，惊讶极了。

上了妆的风月一袭白衣，宛如天人。手拿祭文，跪拜在商公子灵前，一声"商——郎"，凄艳哀绝，荡气回肠。余音袅袅，不绝如缕；尤其是唱到，"商郎夫你莫怨恨莫把我想，咱生不能同衾死也结鸳鸯"时，风月藏在水袖里的双手上下抖动，犹如白蝶飞舞，银花翻卷，凄美空灵，令人眼花缭乱。

一下台，萧老师就把风月抱住了，说丫头，你抓了多少条活鱼呀。

在团里挑大梁的风月有过一次失败的婚姻，后来和花脸海椒结合了，事业上顺风顺水，家庭美满幸福，风月依然是剧团的台柱子，青衣、闺门旦甚至刀马旦都拿得起放得下，可谓文武不挡，色艺双绝。

真正让风月名声大震的是《铁弓缘》这出戏，花旦、青衣、小生、武生四个行当全在一出戏里集于一人之身，唱念做打缺一不可。风月把青春貌美武艺高超的太原守备之女陈秀英演活了。

就在《铁弓缘》这出戏赴京演出的前夕，风月突然病了。这一倒下，就是小半年。

病愈后的风月基本没有变化，就是手抖动得厉害，连一小杯水也端不牢。风月郁闷地问海椒，我还能不能上台了？海椒说能，《铁弓缘》咱不能演，还演不了《秦雪梅》？风月含着眼泪笑了。

萧老师闻讯，心疼坏了，心急火燎专程赶来探望风月。

师徒俩深情地望着对方，激动地说不出话来。半晌，风月好像想起了什么，就把一双手举到萧老师面前，眨了一下眼，说，萧老师，要是现在练习抖手，我就不用去抓活鱼了吧？

青衣风月话说得很轻松，那神态，像个俏皮的小花旦。

主　角

武生孙成有身段有扮相就是没嗓子。这个行当过于讲究，有功没嗓，自然演不了赵子龙，演不了赵子龙不等于孙成没有名气。在相思古镇，只要提起马童孙成，老戏迷们哪个不知？或许，也有不晓得的，那他还算是古镇的戏迷吗？

要是朝细处说，孙成应该叫作翻扑武生。一般的翻扑武生只在武场中翻跟头或跑龙套，顶多饰演个牵马拉蹬的小马童，听人招呼后一连串儿空心筋斗上场，站定后一抱拳说"在"，接着左手挽花，右手按下道个"遵命"就下场了，实在是没多大意思。梨园行有句话，说"只有小演员，没有小角色"，可戏份儿有轻有重，摆明了还是有区别。

自古以来，关羽备受人们推崇被奉为神圣，孙成早就听师傅说过关公戏不同于其他，搁以往，那叫神戏。小日本侵略中国那会儿，只要演关公戏，帷幕一拉开，关公还没出场亮相，台下那些凶神恶煞的日本兵马上起立行鞠躬礼呢。孙成特别喜欢《古城会》。这出戏中的马童，可是个举足轻重的角色。关公是圣人，上场哪能说翻就翻说打就打？全凭马童腾跃跌扑推波助澜渲染气氛烘托关二爷的豪气神武。孙成扮演的马童身手矫健敏捷，干净利落，从不拖泥带水，所以老戏迷们都夸孙成演得好，为关公增色不少。

孙成心里也有个小九九，唱戏演不了主角，他怎么会甘心？《古城会》这出戏，虽然他在里面没一句唱词，可有不少的念白，情绪身段都可以借此发挥。譬如剧中的马童奉了二爷命，报信到古城，莽汉张飞不见，差人将其轰下山去。马童不惧张飞，说：三爷容禀，是我奉了二爷之命，仰望三爷开放古城，迎接二位主母进城——孙成把里面的念白演绎得不卑不亢大义凛然。

不上妆的孙成剑眉高扬，举手投足，英气勃发。他和扮演关公的红生孟强同科。两人在舞台上是搭档，生活中是好友。孙成性情稳健办事颇有章法，这点孟强不如他。大小有点事，孟强会迫不及待地找孙成讨教，就连孟强的婚事，要没孙成出主意，师妹含春决不会顺顺当当地嫁给他。可你孙成再能，在戏中也是个马童；孟强再没主意，他在《古城会》里也是二爷。一声招呼——马童，孙成就忙不迭地上场听关二爷使唤来了。这是戏，却也不是戏，马童孙成在背对观众时，半真半假地冲孟强小声骂道：你这家伙。可一转过身，马上恭敬地说：遵命！人照样在戏情中。

戏闭，关二爷怀抱鲜花谢幕，冲观众频频点头致谢，这时，马童孙成早已卸妆完毕，静静地坐在后台喝水，听着那一浪高过一浪的掌声，孙成似乎无动于衷。

说孙成无动于衷是假的，他心里波涛汹涌，难以平静。孙成跟鲜花掌声无冤无仇，这辈子他期待的就是这个。一出《古城会》，让孙成孟强合作多年，台上马童伺候的是关公，台下关公却离不开马童。说话间，主角配角的鬓角都生出了斑斑银丝。孟强在一次演出时，刚刚"斩完那蔡阳老儿"，就觉得体力不支，勉强回到后台就倒下了。这一病，再也没能上台。

马童孙成突然觉得没了情趣，《古城会》中的关羽也不是谁都能演的，"戏比天大"这理儿自孙成十二岁开始学戏时就明白，如今缺了关二爷孟强，你让他给谁牵马去？从此，这一对儿搭档从古镇的老戏迷眼中消失了。

那些老戏迷怎么也不会忘记孙成孟强，品茶聊天时常常念叨，满腹惆怅地眯眼哼上几句：勒马停蹄站当道，青龙刀斜担在马鞍桥。罢罢罢，忍耐了，弟兄们分手在今朝……这么一来，倒觉得是孙成孟强不仁义。桃园三结义至死都不曾割袍断义，关二爷和他的马童又怎么能就此分开呢？孙成先是陪着孟强住院治疗，后又四处寻医问药帮他做康复。台上关二爷招呼马童时还会捻髯说声"马来"，戏外，马童孙成根本不用招呼，端水送药殷勤周到。

看着跑前跑后的孙成，孟强心里很不是味儿；可让孟强欣慰的是儿子孟小强从戏剧学院毕业后又回到了剧团，踌躇满志的他要演《古城会》里的关二爷，孟小强特意点名要孙成为他牵马。孟小强担心孙成拒绝，亲自上门求孙叔叔能来助阵。

孙成看着眼前青春勃发一脸诚意的孟小强，推辞不过，应了。孙成不是不想演，戏是老戏，一招一式，早已烂熟于胸，他担心的是久未登台，功夫生疏，对不起戏迷。

《古城会》排练了小半年后正式公演，开场锣鼓震耳欲聋，扎黑巾穿快靴扮作马童的孙成，眉宇间英气逼人，风采不减当年，从侧幕口一溜儿空心跟头，接着身子一拧，十几个旋子轻盈飘逸，"胯下赤兔胭脂马，手中青龙偃月刀"义薄云天的关羽关二爷的马童，绝非等闲之辈。"好——"老戏迷们忍不住拍手叫好，眼睛瞪得滴溜溜圆，生怕错过了孙成的哪个动作。

关公提刀出场，红脸，黑须，绿蟒，眼微闭，头半低，不怒自威，既有泰山当头压下的气势，又有令人不寒而栗的力量。一场戏下来，关公和马童，绿叶托红花，红花衬绿叶，自始至终，配合默契；戏迷们欣喜若狂，眼界大开。

谢幕时，新一代红生孟小强突然转身下场，就在大家诧异不已时，他紧紧地挽着孙成又来到台子中央，把一大束鲜花恭恭敬敬地献给了马童孙成。这时掌声如雷，观众席中的孟强涨红着脸，猛然起身，使劲儿拍着巴掌，潸然泪下。

武　生

八百里秦川是对关中的俗称，二魁家就在关中有个叫图樵村的地方。

二魁唱秦腔，武生行当，他演血性汉子武松，甩个高音儿，穿云裂石，六马仰秣，素有"活武松"之称。

戏外的二魁也不含糊，宽肩蜂腰，相貌堂堂，力气过人。论说二魁在舞台上的扮相唱腔以及做派都是一等一的棒，可有很长一段时间，关中人津津乐道的不是他饰演的活武松，而是另外一件事情。

二魁八岁进戏班子学戏，唱红后，一年忙到头回不了几次家。二魁的爹常常在家里骂，骂武松只顾着醉打蒋门神，景阳冈打老虎，老子还能活几天？回一趟家多难似的。

信儿带到后，二魁觉得对不起爹，于是告了假，回到了图樵村。

图樵村不像别的村子那样分布零散，这里所有人家的院落都是坐北面南，很规整地分成上街下街。平时，村里人会在空闲时端着饭碗，抽着旱烟聚在外面的老榆树下或者空场地里扎堆儿谝闲话，上街人仗着地势高能望远，下街有啥动静也能看得到。当然，下街的人想招呼上街人，站在自家院子里吆喝一声，两家就能亲亲热热对话了。二魁家在下街。

二魁回到家已是半下午了，爹打量着神武有加的儿子高兴得合不拢嘴，问东问西，闲话谝了一箩筐。这时，婶子大娘叔伯兄弟街坊四邻来了一院子，嚷嚷着要听戏，爹眯着眼儿啪嗒啪嗒抽着烟也说唱唱唱。二魁当院站定，唱的是《武松打虎》出场时的一段：老天何苦困英雄，叹豪杰不如蒿蓬。不承望奋云程九万里，只落得沸尘海数千重。好一似浪迹浮，也曾遭鱼虾弄⋯⋯

听戏的人直拍巴掌，爹心满意足地说，听了你小子的戏，我就是今儿脱鞋明儿不穿鞋心也静了。

人散了，二魁让泡老尿憋得难受，就朝后院走去。这时天将擦黑儿，二魁还能听得见上街一群人的说话声。图樵人把茅房统称为后院，后院不是真的就在后面的院子，二魁家的"后院"其实就在大门前十米远的地方。

话说二魁来到后院，解开裤带酣畅淋漓地刚刚尿净，就觉得茅房后墙上一道黑影带着股腥味压了下来，二魁本能地回头观看，忽觉喉头一紧，刺痛钻心。狼！二魁被一条在暮色中四处觅食的狼咬住脖子了。

那些年，关中常闹狼患，三天两头听说谁家的小娃在门楼底下玩耍，家人离得不远，坐在树下纳着鞋底子，也就是低头的工夫，野狼神不知鬼不觉就蹿了出来，在人家眼皮子底下把孩子拖走了。至于说张家的猪和李家的羊被叼走，更是常有的事。

如果在旷野中二魁与狼遭遇，一旦交起手来，二魁未必吃亏。有次和扮演虎形的师弟开玩笑，说在舞台上把你打趴下是戏情规定的，可下来我照样能把你扔来扔去。没等师弟应话，二魁腰一拧就把人家扛上了肩，动作快得惊人；再一使劲，师弟哇哇乱叫四脚舞动着就被他举到半空了。二魁八岁入戏班练功，多年的武生功底，身手自是不凡，可眼下他被自己褪下的裤子绊住了腿，喉咙被这畜生死死咬住，有劲儿不好使。

二魁心里清楚，自己要是不反抗，今儿就会成点心葬身狼腹。情急当中，他腾出双手，死死掐住狼脖子，任凭野狼如何拖拽撕甩，二魁就不松手。钻心的疼痛加上狼口中热乎乎的腥臭味几乎让二魁窒息，他横下一条心，不能就这么死了。

二魁想不到的是，跟着戏班子经常走南闯北风餐露宿也没觉得不易，偏偏回一趟家，给爹唱了段武松打虎后就跟野狼干上了。这次若是性命不保，那段"武松打虎"还真成绝唱了；更让人想不到的是，自己会走到爹前面，白发人送黑发人，爹没准儿会心疼死。

一个茅房会有多大地儿？就这样，野狼咬着二魁的脖子，二魁双手卡着野狼的脖子，裤子缠着脚脖子，露着白花花的屁股，翻着滚着就从茅房里滚出来了。

上街的人端着饭碗，也不是没看到这一幕。这会儿天已经黑了，村庄里偶尔也有人提着马灯走夜路，可谁也没想到二魁这会儿正搂着野狼翻滚。上街有人眼尖，吃着饭吃着饭站了起来，看见白花花的东西一闪一闪的，就说，谁家的驴卸了套在打滚儿呀？可恨的是，几个正埋头往嘴里扒饭的老爷们儿都不约而同地站了起来，看风景似的看"驴打滚儿"。

二魁被狼咬着脖子，他干着急喊不出来。否则的话，就冲着他那条穿云裂石六马仰秣的嗓子，随便甩个高音儿，图樵村谁听不见？

二魁竭尽全力与狼抗衡，也不知过了多久，二魁觉得狼慢慢松口了，二魁仍然不敢懈怠，双手拼死用力，"嘎嘣"一声，狼身子一软，挣扎两下后不动了。二魁想喊，也喊了，可他觉得自己的声音没从喉咙里出，而是从脖子上四分五下挤出。他明白，狼把气管咬破了，脖子成了个漏斗，到处冒风。

二魁挣扎着站了起来，双手提着裤子，摇摇晃晃地回到家。爹惊呆了，冲到院子里一声吆喝，街坊四邻闻声而来。有人慌忙找来药，说是治狼咬伤的特效药。

二魁真是条好汉，他盘腿坐在炕上，仰着脖子，东院的三伯正哆哆嗦嗦给他上药，可那白面儿面儿药一涂到创面上，"噗"地就被气管里露出的气给吹跑了。二魁说不出话，只是用手朝门外指了又指。有人不解，提着盏灯疑疑惑惑出去查看，"娘啊"一声惊呼，他们发现了那条野狼。

众人七手八脚张罗着连夜把二魁送进医院，有人认出了他，惊讶地说，这不是唱秦腔的"活武松"二魁吗？

图樵村的人说，没错，不过他这次打的是狼，那狼像小牛犊子。

真狼？真狼！

据说那条狼被图樵村人抬着，敲锣打鼓方圆几十里都显摆了一遍。

倒是二魁的爹没觉得二魁是打狼英雄，老头儿捶胸顿足，说这回孩子没在景阳冈打老虎，让我叫回来掐死条狼，险些把命丢掉啊。

二魁伤好后，嗓子坏了，演不了武松。二魁不甘心，他选了衰派老生行当，演过《跑城》里的徐策，做派不错，举手投足却有武松的影子。嗓音不光粗犷，沙哑还带着毛刺，嘬喇嘬喇钝刀子割人的感觉。有些人就说了：二魁演不活唱做并举的徐策。

说归说，关中的戏迷们还是愿意听二魁唱戏，虽然他扮的是徐策，嗓音也不再穿云裂石，可是戏迷们都说，他还是个武生，那嗓子照样有武生的味儿。

翎子生薛蕙珍

我要聊的人叫薛蕙珍，是个女小生。

严格区别的话，薛蕙珍的行当应该是翎子生，饰演的都是历史上的王侯、大将、都督之类，我看过她在《穆柯寨》里演的杨宗保。

我父亲老说：听生书，看熟戏。看一次怎么能叫熟戏？于是就可劲儿看，总也看不烦，

看不烦的原因是为了薛蕙珍。舞台上的她粉色铠甲，银盔素缨，面如冠玉，英姿勃勃。明晃晃的护心宝镜，一杆银枪在她手中宛如怪蟒翻身，锐不可当，把个少年英雄杨宗保演绎得淋漓尽致，出神入化。

从我家出来不远就是戏院，再往前走不到二十米，是剧团的所在地，经常有俊男靓女进进出出。在我眼中，那是一处奇妙的地方，只要听见鼓乐声声，无论如何我也挪不开步了。我经常会在大门口傻子一样地等，等薛蕙珍出来。

舞台下的薛蕙珍肤色白皙，弯弯的眉丹凤眼，两条黑油油的长辫子，嘴角有颗美人痣。

薛蕙珍像一棵开满鲜花的紫薇树，当我目瞪口呆地看她娉娉婷婷过来时，几乎傻了，忘了我究竟要干些什么；她走远了，才想起我原是要送她一叠糖纸的。花花绿绿的玻璃糖纸，是那个年代小女孩们的最爱，我一张一张仔仔细细攒了很久很久。

什么时间才能长成像薛蕙珍那样撩人的大辫子呢？我对着镜子看着自己细细弯弯的小辫儿沮丧得不行，翻出藏在花纸盒中的蓝丝带，宝贝似的藏在身上。蓝丝带是二姨从上海回来送我的，孔雀羽毛般的颜色。

练功房里，紫花小衣和白绸灯笼裤的薛蕙珍正手持一杆银枪和人练习开打，我紧紧地盯住她带红丝缨的软底练功鞋，有无数红得炫目的海棠花从那里飞起，看得人眼晕。我紧紧地捂住衣兜，始终没有勇气走过去。

剧院后门处不远有个小诊所，有天傍晚我去打针，正和往外走的薛蕙珍碰面。我惊叫，薛蕙珍！她嫣然一笑，并不介意一个小姑娘冒冒失失地直呼自己的名讳，拉了拉我的小辫子，没说话。我激动地说你等着，掉头就往家跑。那天，我忘了把丝带装在身上。

等我上气不接下气地折回时，薛蕙珍早走远了。我把手中的孔雀蓝丝带看了又看，失望极了；也不能怪薛蕙珍，她怎么可能知道一个小女孩的心思？

后来也不晓得因为什么，薛蕙珍忽然不唱戏了，她调到大众浴池上班。

离火车站不远有个澡堂子，不大，却是小城里的唯一。《穆柯寨》没了薛蕙珍饰演的杨宗保，对许多人都失去了诱惑力，包括我。

忽然很想去看看在澡堂子里工作的薛蕙珍，于是偷偷地买了张票去了。

澡堂子里雾气漫漫，站了好大会儿才慢慢地适应了里面的光线，几个穿白褂子的服务员正埋头拖地。薛蕙珍在哪？我努力地找。有个短发女拖地的姿态很好看，不似别人拖地时腰弯成弓形，动作蛮横夸张。她拖到我面前时说你是谁家的小姑娘，有没有大人陪着呀？声音很柔很轻，像棉花糖一般。我收回目光仔细看她，居然是薛蕙珍。她那两条黑油油的长辫子哪去了？也不应该随随便便穿这么一件泛黄的白褂子吧，那粉色的铠甲呢？她手中应该拿一杆银枪而绝不是拖把。

我突然很委屈，扭身跑了出来，看着手中的孔雀蓝丝带，哭了。

从那以后，我不再关注薛蕙珍。她就像一张我曾经无比喜欢的小画片儿，突然被人撕破了，难受归难受，可过后，随手一扔，再也不曾记起。

岁月悄没声地溜走，眨眼工夫，十几年就过去了，我重新回到了那座小城，路经剧院时，见门口水牌上赫然写着今晚上演《穆柯寨》，杨宗保的扮演者居然是薛蕙珍。

树洞里深藏着一个故事，如果不是被人打破宁静，绝不会轻易启封，就像这块儿水牌，一下子把我的思绪带回了童年。

我选了最好的座位，静心等待着开演。

开场的鼓乐让人激动无比，一身戎装的穆桂英面目姣好，扎硬靠，腰挎宝剑，头戴七星额子盔帽，插雉鸡翎子。杨宗保依然是银枪在手，粉色铠甲，银盔素缨，明晃晃的护心宝镜，却少了先前的英气；杨宗保的身材不再挺拔，嗓音干涩缺少圆润，那杆银枪舞动起来也显得笨拙了些——面如冠玉的少年英雄不见了。

满脑子都是以前的薛蕙珍，一个漂亮的甩发，一声穿云裂石的高腔，萦萦绕绕，挥之不去。

我毅然起身离去，甚至懊悔自己再来看薛蕙珍的戏是个错误的决定。

昏黄的街灯下，有几只晕头晕脑的蛾子在绕着圈儿飞。我毫无意识地走到了剧团的驻地，这里大门紧闭，物是人非。

这会儿我的心情很复杂，我的薛蕙珍是不可多得的翎子生，她怎么能在澡堂子里待过？

我知道，翎子生这个行当太有讲究了，戴翎子的小生没平民，譬如《吕布与貂蝉》中的吕布，《八大锤》中的陆文龙，《群英会》中的周瑜，当然还有《穆柯寨》中的杨宗保……

二功子

二功子说书的名气大了。

就说这方圆几十里吧，上至白发老叟，下至鼻涕孩童，哪个不晓得说河洛大鼓的二功子？

其实，二功子是艺名，人家大号叫王俊卿，跟《花为媒》里那个翩翩佳公子同名。巧的是二功子娶的媳妇也叫月娥，也是个百里挑一的大美人；更巧的是月娥也是他的远房表姐。俩人青梅竹马，两小无猜，小时候玩过家家，在村头三棵柳下拢土堆插草根当香烛，二功子把他娘压箱底儿舍不得用的那条红纱巾偷出来盖在表姐月娥头上，两只小脏手喇叭似地罩在嘴边，呜哩哇呜哩哇就把月娥娶过一回了。

二功子腿长肩宽，相貌堂堂，站那儿就是棵钻天杨。《鞭打芦花》《赶花轿》《施公案》《狸猫换太子》《包公智断神杀案》，你想听哪段？没他不会的。一张口，打龙袍的李妃李娘娘，三勘蝴蝶梦的铁面包公包大人，锦毛鼠白玉堂，贤孝两全的闵子骞都活脱脱站人跟前儿了。

二功子说书，最扬名的是在西王村为石磙他娘做寿那回。

书场设在王氏祠堂。祠堂不大，门前有棵一搂多粗的梧桐树，桐花繁盛成一团紫色的雾海，微风袭来，幽香四溢。正门口有个影壁，绕过去是个大大的庭院，南面搭个半人高的戏台子，四周围满是听书人。石磙家的七大姑八大姨簇拥着老寿星在台前坐定，二功子登台，张嘴就来：

太阳出来照西墙，闺女小子坐两行。小子长大成汉子，小闺女长大成婆娘。四句大白话一念，众人乐翻了天。

只见二功子不慌不忙，展开身手，抖擞精神，左手月牙板，如银蝶翻飞，叮咚有致，极尽缠绵；又似珠滚玉盘，清音悦耳，和风扑面，一曲清音，宛如山涧溪流，潺潺涓涓，经绝不断。右手执鼓桴，把那面玉鼓催动，如沸如腾。鼓桴翻飞，红缨舞动，鼓声时疾时缓，时近时远，时而低回幽怨，时而悠扬婉转。

全场人敛声屏气，鸦雀无声。蓦地，鼓乐骤停，恰似暴雨初歇，日出云散，二功子悠悠然开了腔：年年有个三月三，王母设宴待八仙。神仙还把寿诞办，咱也给老人祝福把寿添。字字如玉，声声传情，把石磙他娘高兴得心里头跟三伏天扇儿扇似的舒坦。

二功子四句念完，紧跟着一个大起腔，那嗓音浑厚沉稳，穿云裂石，直把一干听书人醉了三魂，迷了六魄，失了心神，个个张嘴瞪眼支棱着耳朵，却不发半点声音。整个书场，落片树叶儿都听得分明。

二功子一曲唱罢，收了身形止了嗓门，半晌，众人才回过神，那掌声就似一阵过山风，催动木叶哗哗响。石磙他娘捏一条蓝花格格手绢儿，不住气儿地擦眼角，手点着二功子说，这孩子，真是个嘴子客啊！

二功子的爹说他哥大功子读书读到屁股里了，唯有他打小儿念书过目不忘，十岁就能说《包龙图夜审乌木盆》，表姐李月娥就是那会儿迷上二功子的。成亲那天，李月娥端坐洞房，宾客散尽，门帘儿一响，二功子进来了，秉支红烛，学着戏文里的念白：丫鬟，掌灯，观看娇娘。月娥脸一红，刚说句呀呀唪，便被二功子一把揽过，随即噗一声吹灭了灯。

也有本家嫂子说，月娥啊，二功子常年在外跑，屁股后头大闺女小媳妇跟一群，你不怕他野了心？月娥抿嘴儿一笑，说俺知道他。嫂子狡黠地紧着问，你知道他啥？月娥羞羞一笑就不作声了。

张家沟有个张五鸽，是个望门寡，长得那个好看，就像鼓书里说的那样：人见不走，鸟见不飞，狗见不咬，驴见不踢。一时间，保媒的踢破了门槛儿。谁知张五鸽心如古井，一概回绝。

这是个麦罢天，地里的农活儿都收拾停当了，张家沟就请二功子来说书。打麦场上挂了两盏嘶嘶儿响的汽灯，明晃晃如同白昼。麦秸垛在灯下闪着金光，旷野中弥漫着清清甜甜的麦香。二功子一身白衣，开言说道：墙上画虎不咬人，砂锅和面不胜盆。过继不如亲生子，熬寡不胜有男人……说者无意，听者有心，那张五鸽顿时心如鹿撞，百感交集。

夜深散了场，二功子就睡在麦场边的瓜庵里，心里惦着月娥，枕着星星睡不着。三更天，瓜庵外响起了脚步声。二功子透过篱笆往外望，见月色下走来个女娇娘，腰肢袅娜风摆柳，粉颈云鬟赛嫦娥。不消说，那女子便是张五鸽。

张五鸽莲步轻移来到庵前，不声不响站半天，末了，轻轻唤一声二哥。二功子问一声，啥事儿？张五鸽不说，忽地哭出了声，一双素手掩了面，把多年来积蓄的苦水和陡起的相思一股脑儿倒了出来。二功子闷声不响地听完，硬声说，回吧。

张五鸽转身就往回跑，直把那月色一步步踩成了碎瓷片。瓜庵里，二功子轻叹一声，陡然扬起了嗓门，唱道：花明柳媚爱春光，月朗风清爱秋凉……

唱坠子的云儿

相思镇有个曲艺队，曲艺队唱河南坠子的当红名角叫云儿。

云儿是个黑里俏，个儿不高，身材匀称，眼睛看人会说话，两条大辫子总是一前一后随着走路的幅度有节奏地跳跃。云儿自小学戏，原在豫剧团唱花旦，演过《西厢》里的小红娘，后来镇里成立曲艺队，云儿被选去唱坠子了。

云儿的到来使那帮书迷们兴奋异常，书场里场场满座。场子设在火车站广场对过儿，那些固定的书迷和南来北往的书迷们都冲着黑里俏的云儿来。云儿演出时爱穿白布碎花小褂、阴士蓝长裙，把长发结成一根大辫松松地搭在胸前，耳后斜插朵散发着幽香的茉莉花，那辫梢上没一点儿装饰，整个人就像颗小葱似的鲜鲜嫩嫩。上得场来，手握简板，侧身微微一点头，那双会说话的眼睛从左至右这么一扫，满场观众未听其声先酥倒一片，都说哎呀呀，云儿的眼神儿太勾人。

那时云儿唱的多是《梁祝下山》《西厢记》才子佳人书目，也穿插些《小女婿》《偷石榴》这样逗乐的段子。她和拉坠胡的杨正平一唱一和，将那些让人捧腹的书目推向高潮。场内的人盯着云儿跟着笑，痴了呆了、疯了傻了似的。

听书的人中有个高高瘦瘦戴黑边眼镜的书生，场场不拉。他只听云儿唱坠子。云儿在台上唱，他文文静静地听，情绪不似别人那么外露热烈。云儿唱完了，他起身就走，场场如此。

这人真怪，云儿便记住了他。暗地里打听，有知情人说这书生姓赵，是北京的大学生，学的是俄语，刚刚毕业。云儿纳闷，这会说叽里咕噜外国话的洋学生听的是哪门子坠子啊？

直到有一天，这书生拉着姐姐姐夫红着脸来到书场，云儿才知道这书生看上了她。

常言道，一个闺女百家提，云儿色艺双绝，说媒牵线儿的更是踢破门槛；云儿高不成低不就，硬孜孜相不中一个。云儿的舅说莫非要当老闺女？娘说婚姻不透哩，那《两头忙》是咋唱的？高高山上两间房，一家姓李一家姓王。王家有一位大公子，李家有一位大姑娘。正月里说媒二月里娶，三月生了一个小儿郎……说快也快。云儿红着脸捂着耳朵说，娘，快别说了，真难听。

相思镇实在是小，东边跺脚西边就颤，那书生追云儿的风儿吹到她娘耳朵里了。吃罢晌午饭，娘就把云儿堵在家里，说闺女啊，他是个念洋文的大学生，你却是个唱坠子的柴火妞，我怕你过了门儿腰杆儿挺不起来。云儿一声不吭，只把辫梢儿在食指上一下一下地绕，像绕着自己绵长的心事。

云儿不说行也不说不行，夜夜黑照样唱她的坠子；那书生照样安坐书场听，照样场场不落；只是云儿会悄悄地站在书场的帷幕后偷偷打量那书生，那书生看云儿时眼神儿里更是多了些内容。

书场后墙外是一片小树林，几株石榴花开满树。姑娘家自有招数，云儿灵机一动打定主意试上一试。这天云儿唱《晴雯撕扇》，头几句是唱给那书生听的：明月皎皎照池塘，树影儿摇摇晚风儿爽。心惦着宝玉回来乘凉把月儿赏，石榴花下沏香茶摆好那小竹床。那天夜里，云儿独自在石榴树下直等到月儿西沉。唉，不是一家人不进一家门，也罢！

日子过得飞快，转眼石榴花谢尽挂了果。云儿今晚唱的可是《宝玉探晴雯》，她还那身打扮，还是小葱般的鲜嫩，耳后那朵茉莉颤颤巍巍散发着丝丝缕缕的幽香，云儿随着吱吱咛咛咿咿呀呀的坠胡，把那简板打得如同紫燕双飞，脆生生水灵灵开了腔：日落西山鸟归巢，秋风阵阵树叶儿飘。贾宝玉溜出了怡红院……云儿眼风忽地一扫却不见了那书生，刚才还在呀。

散场了，云儿望着瓢泼大雨没了主意，忽然间从书场拐角处昏黄的街灯下匆匆走来一人，浑身上下精湿，却把手中的伞严严实实地罩住了云儿。那个雨夜啊，一把油纸伞，两个有情人。

以后呢，云儿嫁给了那书生；再以后，嫁了人的云儿跟那书生走了。相思镇曲艺队里少了云儿，好似塌了台子角，半城人为此失落了很久。

有人问了，你咋知道的这么清楚？呵呵，那书生便是红酒的舅舅。